那时节，
越剧成为进步文艺阵营中的
一支重要力量，
也是越剧发展史上姹紫嫣红、
群芳缤纷的青春岁月。

官人娘子

孙君 著

中华书局

Contents

目录

绕绿堤 拂柳丝 穿过花径（代序）
——回望百年越剧

一

越剧发源于浙江嵊县①。嵊县是浙东的一个山乡小县，因剡溪横贯县域，古称剡。此地民风剽悍，历史上是出强盗的地方，辛亥英雄王金发就是嵊县人。

此地山多岭峻，又几无工商业，要凭这些有限的田地维持生计实是艰难。于是，男的离乡背井做帮工，务手业；女的外出异地当童养媳，做保姆，蔚然成风。

嵊县虽是山乡，民间音乐歌舞却颇兴盛。究其原因，或与剡溪两岸风光颇佳，历代骚人墨客多有游历，不少北地文人莅临，带来众多中原文化不无关系。也有以为，乃是黄河流域历来战火频仍，流民南迁，移居嵊地之故。还可聊备一说的是，奸佞当道，迫害忠良，于是多有清官廉吏隐姓埋名匿于剡乡，各朝各代，不绝如缕，也是一种文化移植。

细数剡县，村村有祠堂，祠祠有戏台；堡堡有庙宇，庙庙有舞榭。剡人秋后农闲，逢年过节，弦歌不辍，锣鼓不息，咸以歌舞为乐。

① 1995年8月撤县设嵊州市。

越剧在这块土壤孕育，倒也不是偶然。

只是整台的唱戏，毕竟成本太高。一来得请一副戏班，二来得有大块的闲暇，穷乡僻壤，寻常辰光哪里享受得起？可忙完手头的活，稍一闲坐，想听一曲的念头就油然而生，很多时候甚至还真有些按捺不住。

于是能唱几句的农民，便手拿三敲板①，撒开了嗓子。听众还真不少哩。

甘霖镇马塘村的金其炳，就是这样一位农民。晚清以降，嵊地多灾，逃荒求乞者无数。金其炳不愿离乡背井，也不愿哀哀乞讨，于是出得门去，到大户人家前，落地唱书，所谓沿门卖唱：

> 中堂高挂玉麒麟，
> 麒麟送子喜临门。
> 天官赐福玉如意，
> 如意门庭照财星。

主人听得高兴，便盛出一碗半碗的玉米或者籼米，如是腊月年关，照例是几条年糕，一串粽子。唱书的抖擞精神，三敲板打得山响，敞亮了嗓子，嘴里又滚出一串串大吉大利的词来：

> 日出东方暖洋洋，
> 新年新春喜气扬。

---

① 伴奏乐器，亦称"三跳板"，由三块长短不一的长方形竹板或木板组成。左手握较短的两块"夹板"分合碰击；右手持较长的"帽板"，转动手腕在夹板顶端击打，敲出节奏。

财源茂盛达三江，
五谷丰登粮满仓。

　　渐渐地唱得熟了，叫好声也多了。于是，唱书艺人走出嵊县，到杭嘉湖一带收成好的鱼米之乡卖艺去了，个别艺高胆大的甚至进了茶寮酒肆，觅得固定的场所，说唱起长篇的本子，所谓走台书了。

　　听得久了，众人以为唱书虽好，究是一人所为。剧中角色，均系一人变换声口来表达，到底单调。偶尔三五个唱书的一齐光临，有人忽发奇想，何不搭一简易戏台，让这些唱书艺人分饰角色，凑成一班，唱一出整戏。艺人拗不过，于是穿上乡人借与的竹布长衫，放下手中的三敲板，各扮角色，开始登台演唱。

　　一人走书，与众人合演，端的是大不相同。平时手里打板，独个唱表，那是自说自话，不会碰头。今日得互相配合，才能演绎戏情，实在生得紧。于是台上几位艺人，登台做表，手足无措；念白唱词，你抢我夺，常常叠在一起，乱作一团，把个台下笑得前仰后合。好不容易熬到结束，艺人们已是汗流浃背，苦不堪言。但在台下看来，虽是你冲我突，毕竟人多热闹，角色分饰，虽还做不到一人一角，但比一人到底多些戏味。于是，在乡人的力邀下，艺人们却情不过，又演一场。结果仍是洋相百出，紊乱不堪，但这一尝试，对于越剧的诞生，却是大有助益，堪称筚路蓝缕。

　　等到生意结束，艺人们便静下心来，悉心总结经验，吸取教训，末了，决定借鉴绍兴大班的做戏形式，挑选平素唱熟了的剧目，分饰角色，稍作化妆，再次登台。

　　这是大清光绪三十二年，公元1906年3月27日，农历三月初三，地点在嵊县东王村，剧目为《十件头》、《倪凤煽茶》、《双金花》。

这一场的演出，标志着越剧这一中国戏曲大家庭中的宁馨儿，正式"呱呱"坠地。

或许正是因为由唱书而来，观众也多为村妇农夫、市井细民，自东王村开演以来，艺人们演的也均系家庭伦理、男女情爱，唱的又是由民间小调"呤嗄调"转变而来的"呤嗄呤呤嗄"，与高亢激越的绍兴大班相比，显得文静优雅；于是冠其名曰"小歌文书班"。小歌，指其曲调悠扬，并非黄钟大吕；文书，相对于绍兴大班常演社稷、宫闱大戏，多有众人厮杀，场面宏大而言。既小又文，称为"小歌文书班"自是允当，村人喜简，每以小歌班称之。

小歌班的演出，深受乡人喜爱，当时有民谣云：

小歌班，吊脚板，男人看了不出畈，女人看了不烧饭。

着实被小歌班牢牢吸引住了。

于是原来唱书的艺人纷纷放弃耳熟能详的说唱，另组戏班，分赴四乡演出。可惜农村市场毕竟有限，于是大家又络绎外出，上县城，进省城，甚至到上海滩上闯荡去了。

此时的小歌班已经初具规模，台上演出，也是着莽穿袄，生旦净末丑各个行当大都有了。但是仍无丝竹伴奏、锣鼓敲打，演员一段清唱方罢，后台每以"吟嘎吟嘎"帮腔；遇剧中喜宴迎客，则由后台齐喝"拉呜哩呜哩呜拉"来替代梅花①演奏。海上观众本因好奇而来，见台上这等模样，实在不伦不类，发一阵笑，哄的都散了。演出失败，众人皆是垂头丧气。

小旦梅小朵却是一位有心人。失落之余，并不气馁，而是静下心来，慢慢琢磨，细细剖析，觉得应该先把不足之处弄明白了，再虚心向其他戏种学习，取人之长，补己之短，以图改进提高。

小歌班因源于唱书，虽已分饰角色，但限于人手，仍是一人兼多角，造成混乱，至此，便开始实行一人一角。再是取消用口喊代替唢呐，避免不伦不类。同时发挥小歌班小旦、小丑、小生角色硬的优势，多演"三小戏"，每以表演细腻入微，说唱诙谐幽默来博得观众喜爱。

吃饭终于不成问题了，但要成气候，光靠这些，还是不行的。艺人们也并不止步。当时的上海滩，是各种戏曲争相竞演的大码头。小歌班艺人们虚心地向鹦歌班、绍兴大班学，向京剧、沪剧学。不断的学习借鉴，不断的摸索尝试，不断的丰富吸收，小歌班终于有了自己的"四功五法"，有了自己的"赋子"、"行子"，有了自己的"吟嘎南调"、"吟嘎北调"，以及在此基础上形成的倒板、流水、二凡，有了自己的代表剧目，演员们开始唱"路头戏"②，继而可以唱"肉子戏"③了。

---

① 当地人称唢呐为梅花。
② 又名"幕表戏"，没有剧本和固定的唱词说白，仅有故事框架和分场提纲（幕表）。新戏演出前，由派场师傅说说故事梗概、人物名称和相互关系，重点场子则到台上走走地位。正式演出时，即按师傅规定的演出提纲，由演员即兴发挥，俗称"掼路头"。
③ 有相对固定的唱词，并为同行沿用的戏。

但是没有丝竹伴奏到底不像样子。当时甚至有人送上对联一副以示调侃："升平世界倒也清雅，歌舞场中还是的笃。"受此一激，班主专门从老家聘来三名乐师，一位板胡，一位鼓师，一位能吹梅花又能弹斗子①、打锣，死活也要鼓捣个乐队出来。经过数月的悉心操练、磨合，由鼓板、板胡和斗子组成的乐队终于登场亮相。小歌班从此结束徒歌清唱的历史，时在1921年初，地点在上海升平歌舞台。

越剧像个蹒跚学步的孩子，虽然磕磕绊绊，却在一路向前。而且，前景亮着呢。

小歌班时期，班底多是唱书中人，自是清一色的男演员。1919年以后的十多年时光，乃是绍兴文戏男班的鼎盛时期。

此时节，戏早已像个戏了，而且名角众多，在十里洋场也有了一些市场。上世纪30年代，竟有十二副绍兴文戏班同时在上海滩演出，常演剧目有数十出，甚至出现了十多出的连台戏。唱腔也愈加丰富，伴奏更加多变。

在剧情上，有别于绍兴大班的"打天下"，每每以"私订终身后花园，落难公子中状元"的"讨老婆"戏为主。由此赢得了一大批城市居民的喜爱。

嵊县中南乡施家岙村的王金水，其时常常往返于嵊、沪之间，以跑单帮为生。每到上海，晚来无事，便在附近找个地方看戏。那家戏

---

① 一种形似琵琶的弹拨乐器。

馆演的多是京剧"髦儿戏"，演员都是豆蔻年华的少女。观其演出，每每台上虽是个个铆足了劲，但观众却并不叫好。只因京剧乃是国粹，有些戏，非允文允武不办，要一个十多岁的女孩子挂髯口，扎大靠，开打，实在是不能胜任；有些戏，角色性格层次十分丰富，非对生活有一定体验不行；有些角色，非老角不能；有些行当，非男角不可。如老生戏，坤角演唱，以没有雌音为上；花脸戏，要有龙音、虎音；小生戏，要用假嗓。凡此种种，都不是一个少女能够胜任。而京戏表演中显现的这些不足，恰是小歌班的特点。如小生，小歌班中不但用本嗓，而且必须要有些脂粉气，这样才招观众喜欢。

王金水是一个有心人，揣度之下，觉得要是小歌班全由小姑娘来演，恐怕与剧情、角色、风格更相契合，演来更加自如，剧场效果更好，票房价值更高。如能训练有素，届时莅沪演出，肯定能赚大钱。

王金水坐不住了，立马扔下单帮不跑，当即在文戏班中聘了一位懂戏的演员金荣水当老师，匆匆赶回嵊县老家组班来了。

王金水开出的条件应该说十分诱人：学艺三年，膳宿全包，学徒期内发大洋一百元。期满出师，送旗袍一件，皮鞋一双，金戒指一只作礼。为打消乡人疑虑，王金水自己带头，将女儿王桂芬、侄女王香芝送进科班。乡人见状，也就满心欢喜，纷纷送女儿入科。

1923年7月10日，农历五月廿七日，王金水的科班在施家岙八卦台门正式开科，学员五十人。女子越剧第一副科班的成立，标志着女子越剧的正式诞生。

女班的诞生，使小歌班由清一色男性向清一色女性的转变迈出了第一步。而剧中所有角色均由女性扮演，促使越剧在音乐唱腔、表演程式、剧目内容上都起了很大的变化，日积月累，潜移默化，导致剧种风格向典雅优美、纤丽秾艳方向发展。

也正是由于男女性别的不同，身体嗓音条件的区别，1925年，首班学员中的翘楚施银花创唱"四工调"。而这一唱腔的丰富发展，为提高越剧演出质量、发挥演员演唱特长，扫清了障碍，铺平了道路。"四工调"的出现，在越剧音乐史上具有里程碑式的意义。

女子越剧的发展，自不是一帆风顺，而是多有曲折，但是青山遮不住，毕竟东流去，到上世纪30年代末，以上海为中心，越剧已是亭亭玉立的少女。

四

和其他戏曲一样，越剧的发展，代表剧目和领军人物也是互相依靠、互相促进、互相提高、互相推动，人保戏、戏保人，人推戏、戏推人，互为因果，交相辉映，把剧种不断地推向新的高峰。

在越剧发展史上具有历史意义的两个剧目是《碧玉簪》和《梁山伯与祝英台》。

在《碧玉簪》中，知书识礼、端庄秀丽，孝敬公婆、敬重丈夫，逆来顺受、忍辱负重的女主角李秀英的委屈无助，受尽折磨，使观众洒下了一掬同情的泪水；关心爱护媳妇而又头脑清醒、言辞得体的好婆婆玉林娘，则让人由衷地钦佩；而满脑子大男子主义，偏听偏信、一副愣头青模样的男主角王玉林的执迷不悟、不近人情，甚至冷酷，则是让人又气又恨。

这出戏讲的是家庭伦理，其中有夫妻之情、父女之情、母女之情、婆媳之情和主仆之情，有对封建礼教的鞭笞，对人与人之间互相信任、互相关心、互相爱护、互相理解的讴歌，堪称越剧史上具有划时代意义的优秀剧目。

《梁山伯与祝英台》可以说是百年越剧史上最有代表性的旷世杰作、一代绝唱。

梁祝故事，历代典籍多有记载。至于梁祝题材究竟为多少剧种、曲种及其他艺术样式所演绎，怕是一时无法统计，的是恒河沙数。但真正有代表性的梁祝展现，当推越剧《梁山伯与祝英台》为班首，而小提琴协奏曲《梁祝》也正是得益于同名越剧的启迪，并且多有借鉴。这是久成共识、无法抹杀的事实。

而越剧史上，为越剧发展作出划时代贡献的代表性演员，当推姚水娟和袁雪芬。

上世纪30年代末，越剧虽在上海滩站稳脚跟，但剧目仍嫌稀少，比起其他古老剧种，经常上演的翻来覆去就那么几出；舞台布置简陋，演出形式单调；经营制度十分陈旧，全是老戏班的规矩；传播的方式落后不堪，几乎谈不上有什么宣传。凡此种种，桎梏了越剧的进一步发展。

姚水娟作为一个越剧艺人，居此之势，觉得如再不改一改，闯一闯，好不容易混出个脸来的戏种，怕支撑不了多久，就得偃旗息鼓。不改良，哪行啊？姚水娟竖起了女子越剧改良的旗帜。

在演出剧目上，姚水娟十分注重排新戏，注重剧目的时代性。她聘请了越剧史上第一个专职编剧樊篱，创编了《花木兰代父从军》、《冯小青》、《范蠡与西施》、《孔雀东南飞》、《燕子笺》、《啼笑姻缘》以及《秋海棠》等戏，不仅大大丰富了越剧剧目，而且这些戏中既有古装戏又有时装戏，同时切合形势，顺应时代需求，为越剧的发展大大开拓了疆域。

在表演形式上，姚水娟突破传统一桌二椅的模式，引进新式的灯光布景，在表演上借鉴话剧、电影艺术，丰富唱腔身段。伴奏上吸收流行音乐。这些做法虽有不甚成功甚至失败的地方，但突破了观念的封闭，打破了清规戒律，使越剧增添了新的表现手段，走上了开放之路。

在经营制度上，姚水娟积极抗争，努力打破封建性的班主制，即后台老板制，而是由主角的名字命名剧团以资号召。剧团事务、演出活动，则由经理负责，演员直接与经理签订合同。这种制度适应了市场竞争的需要，是一种明显的进步。

在传播方式上，运用当时的先进技术与新兴传媒，通过电台广播、灌制唱片、报刊宣传等扩大影响，大大提高了越剧的知名度与影响力，也把越剧的发展推上了一个新台阶。

但是真正使越剧走向现代的是1942年10月开始的"新越剧"改革。

当时的越剧舞台，与其他戏曲一样，台上台下乌烟瘴气。由于演员全系青年女子，所处环境更加复杂。台上低级庸俗的不少，台下洋场恶少、地痞流氓的骚扰不断。越剧亟须闯出自己的一片新天地。

在进步文艺特别是进步话剧的影响下，以袁雪芬为代表，拉开了越剧改革的序幕。建立了正规的编导制，形成了综合艺术机制。同时实行完整的剧本制，大量编演新剧目，编创了新腔"尺调"和"弦下调"，丰富了越剧的唱腔艺术，在注重写意与写实相结合的表演风格上，大大提高了舞美设计的水平和层次。这一切都走在了其他戏曲的前列。

一时间，越剧风靡上海，名作辈出，名家辈出，袁雪芬、尹桂芳、范瑞娟、傅全香、徐玉兰、筱丹桂、竺水招、张桂凤、徐天红、吴小楼等一批年轻演员，号称越剧十姐妹，成了广大戏迷的宠儿。

那时节，越剧成为进步文艺阵营中的一支重要力量，也是越剧发展史上姹紫嫣红、群芳缤纷的青春岁月。

五

应该说，经过一代代艺人的努力，加上后期文人的加盟，越剧的剧目创作成绩是十分突出的。因越剧产生于浙江，中心一直在上海，为学习吸收其他剧种创造了良好的条件。上海一直是进步文艺和现代话剧的集中地，加之越剧诞生期短，以致众多演员只要独具特色，自成个性，别具风采，形成流派的机会也就要多于其他古老剧种。

建国以后，乃至进入新时期，越剧以其流派创始人大多健在，传道授艺大大方便于其他剧种而新人辈出。而沪浙又处于我国经济发展的前沿，深厚的物质基础为越剧长盛不衰、青春永驻提供了较好的条件。特别是以《梁祝》、《红楼梦》为代表的彩色戏曲电影的拍摄放映，更使越剧声名鹊起，在大江南北赢得了众多的爱好者。

越剧作为地方剧种，比诸京剧，在四功五法上相对要容易一些，于是满台青春亮丽，吸引了一代又一代、一批又一批的戏迷的钟爱，呈现一派繁荣景象。

这里选取八出各个流派的代表性剧目，以小说的形式予以演绎，以飨广大读者，也算是为进一步普及发展越剧略尽绵薄之力。

二〇一〇年三月一日

一轮圆月，满地银光。

微风拂树，"沙沙"作响，

此时倒更衬出天地间的宁静。

只有潭中的鱼儿仍不时跃出水面，

似是顽皮的儿童，

特意弄出声来，

捉弄一下这对沉浸在爱河中的新人。

追鱼

一

秋日薄暮，夕阳残照，透过窗棂，斑斑点点地洒在张珍瘦削的身子上。埋首书卷，张珍一动不动。时间长了，张珍站起身来，恹恹地走到阶前。墙脚边，数枝菊花正懒懒地开着，似已不胜风寒。往事历历，张珍轻叹一声，不觉流下泪来。

张家本也是钟鸣鼎食、簪缨世家。可惜时乖运蹇，仅仅半年光景，父母相继离世，把个小张珍哭得死去活来。

父亲在时，虽居高位，但为官清廉，并无多少积蓄，此番为两老送终，一点菲薄家业也就花费殆尽。想起父母临终嘱咐，张珍便锁了家门，烦左邻右舍帮忙看着，自己是一路颠簸，到京城投奔岳父来了。

今日金宠，位居宰相，已非昔年还需仰仗张珍父亲的情景。

见了张珍，见其一身贫寒，已是不悦，闻其父母双亡，知道这张家是彻底地衰败了。转而寻思，以我宰相之势，凭女儿花样容貌，乘龙快婿是什么样的官宦子弟、青年才俊均可招得，哪里还有这个破落户子弟的份？

但婚约在先，因此撕毁，传将出去，播之人口，说我势利，也是不妥。于是，定下一计，对张珍言道，"金家三代不招白衣婿，你此番到府，不如先行住下，埋头攻读，准备明年春试。到时考得中了，招你为婿，落了第，一介布衣，也就没话好说，回家度日去罢。"张珍听了这一番话，真是又惊又气，可又无可奈何，只得依从。

金府屋宇俨然，但丞相并未让张珍住在上房，甚至连下房也不与他住，怕张珍在府内出没，众人见了，知道是来投亲的姑爷，从而伤了金家颜面。张珍住在园外曾是花工园丁住的两间草堂，平日在那里读书，不可越雷池一步，连紧贴一旁的花园也不许进入。

自此，张珍便忍气吞声，在草堂住下，没日没夜地开始用功。

读书间歇，张珍便到屋外走走。草堂临水，这一汪清泉唤作碧波潭，有水道与外江相通，只是地势曲折，正好在这里拐出一个湾，形成了一泊好水。金宠花了人工，稍作整治，这水便益发地显出秀色。

负手而立，看潭中鲤鱼戏水便成了张珍每日的功课。

旭日东升，早课罢，张珍走到潭边，但见条条鲤鱼，在水中静静漫游，池中点点红色，一阵阵地荡漾开来。张珍知道，鱼儿也在忙于觅食了。

正午时分，太阳直直地照射水面。水色潋滟，金光点点。张珍踱到潭边，又见条条鲤鱼纷纷聚到石栏之下，似在遮阴纳凉一般。

夜色沉沉，张珍灯下倦了，散散地行至池边，月光下，数条鲤鱼浮出水面，似乎一动不动。偶尔，"泼刺"一声，偌大一条鱼儿竟跃出水面，凌空一个转身，再"扑"的一声回到水中，给寂静的夜晚平添了几分生气。

日复一日，每日观鱼，张珍渐渐地觉得自己和潭中鲤鱼亲近了许多。临水凭栏，细看游鱼，恍惚间，张珍甚至觉得自己就是水中的一条游鱼，正徜徉碧波间，有时，又觉得自己似是游鱼上岸，正艰难地喘着粗气。我是鱼？鱼是我？张珍化鱼？鱼化张珍？恍惚间，张珍有些晕。

鱼在凄凉水府，我在寂寞书房。我是白衣秀才，为紫袍加身而苦读；你是金色鲤鱼，为跳跃龙门而静修。我是满腹心酸，你可曾一身忧思？可惜人鱼不同，各有各世界，近在咫尺，难以对话，也就只好各自愁烦，互相不能排遣。

看得久了，张珍一声叹息，自是这一方天地最沉重的声音。鲤鱼听了，似乎也放慢了游动，若有所思。

鲤鱼有知？是的。这鲤鱼不是寻常鱼儿，千年修行，已有了灵性，通了人情。每日承蒙秀才顾盼寄情，鲤鱼也动了凡心。

又是一个夜晚，又是一番倾诉。

待张珍折回屋内，鲤鱼便离了碧波府，冉冉地升出水面，上得岸来，化作金家牡丹小姐模样，悄无声息地进入草堂。

读得累了，张珍竟靠着书案沉沉睡去。鲤鱼站在案前，借着灯光细细端详。虽然每日相见，但一个在水里，一个在岸上，自是看不真切。眼下，近在咫尺，张珍又静静睡着，鲤鱼凝视张珍俊秀的面庞，不由得心跳加快，脸上发烧。

或许真的累了，鲤鱼已站了好一会，张珍还是没有醒来。鲤鱼心想，此番上岸，若没有和张珍诉说衷肠，岂不是辜负了这良辰美景。见旁边一缸清水，俏皮鲤鱼，灵机一动，纤纤玉手撩起水珠，轻轻地撒在张珍清瘦的脸上。

水滴清凉，一个激灵，张珍醒了过来，一摸脸庞，见滴滴水珠，不由"啊"出声来，我怎么睡着了？见一旁站着一位美女，又吃一惊，忙问道，"你是谁家小姐，为何月夜光临寒舍？"鲤鱼初涉人世，见张珍问她，女儿家羞得不行，竟不知怎么回答。张珍见鲤鱼不曾吭声，便连连追问，"你究系何人？为甚到此？所为何来？"见鲤鱼仍不做声，张珍一惊，暗想，莫非是花妖树精乘夜深人静，变作美女前来害我？见张珍神色有异，鲤鱼脸带羞涩，轻声答道，"张郎，我就是幼年订婚……"张珍一听，心头一喜，不待鲤鱼把话说完，便抢着说道，"莫非是牡丹小姐？"此时，鲤鱼已恢复了状态，不禁又露出调皮神色，"小名

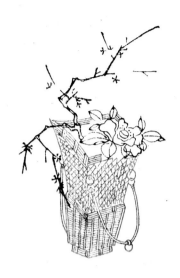

儿虽叫牡丹，却有愧国色天香。"张珍一听，忙答道，"果然是牡丹小姐来到书房，小生刚才言语冒犯，有罪呀有罪！"鲤鱼抿嘴一笑，学着张珍腔调，"不敢啊不敢！"张珍一乐，也恢复了神态，说道，"小生书屋简陋得紧，我们还是到月下搭坐。"见鲤鱼随他走到屋外，就放好坐椅，"小姐请坐。"鲤鱼见张珍一旁站着发呆，便道，"你也请坐啊。"张珍醒悟过来，忙端过椅子，连连道，"我有，我有。"见张珍坐下，鲤鱼轻声唤道，"张郎。"双目对视，张珍不由暗暗赞叹，"好一位美貌的小姐！"鲤鱼也满心欢喜，"好一位英俊的秀才！"

寂寂书房，独自苦读，乍见小姐光临，张珍是激动之情溢于言表，"张珍远道投亲，承蒙岳父关爱，命我在碧波潭畔攻读诗文。平日临水观鱼，小生常自比张羽，可惜天公不肯作美，也就无缘得遇龙女。今晚小姐来访，真是做梦一般。"见张珍乍喜还惊，鲤鱼陡生爱怜，"张郎，皆因父亲做事欠妥，累君黄卷青灯伴随晨昏，孤苦凄冷无人理问。牡丹知情心内不安，故而夜避双亲，前来探望郎君。"见张珍仍有些许怨恨，鲤鱼侧过脸去，对着碧波潭水，轻轻言道，"张郎，你我虽是初会，但彼此神交已久，正如张羽龙女一般，早已闻琴生情。" 见鲤鱼说得动情，张珍心头一热，"多谢小姐垂爱，怎奈小生一介寒士，功名未就，只怕误了小姐终生。"说着说着语音中就带了哽咽。鲫鱼转过身来，爱怜地看着张珍脸庞，正色道，"慢说未有功名，以君才华，定有锦绣前程。再说人生于世，只要夫妇欢娱，长相厮守，自是远胜玉堂金印。" 听鲤鱼一番言语，张珍真是又惊又喜，又敬又佩，自言自语道，"容貌桃李丰神，胸怀湖海豪情。本以为姻缘早已无份，谁知今晚月下相亲。"想到这些，张珍心头一热，伸出手来，轻轻揽住鲤鱼。

一轮圆月，满地银光。微风拂树，"沙沙"作响，此时倒更衬出天地间的宁静。只有潭中的鱼儿仍不时跃出水面，似是顽皮的儿童，特意弄出声来，捉弄一下这对沉浸在爱河中的新人。

二

闲来无事，金宠准备到园中看看。已是黄昏时分，数个家人支起灯笼，在前引着，金宠携夫人、小姐到廊前赏梅。

红梅吐蕊，一树芬芳。灯光摇曳，画阁楼台与枝枝梅花相互辉映，真是仙境一般。金宠看得醉了，忍不住叹息道，"良辰美景，正可诗赋相和，可惜无人题咏啊！"一旁的家院听了，凑上前来，轻声进言，"何不请碧波潭张相公前来题诗？"一听"张"字，金宠竟无名火起，"多嘴，这厮岂能作诗！"一旁的夫人也厉声斥道，"谁叫你提那穷鬼！"怕女儿多心，忙转过脸来，柔声对女儿言道，"儿呀，快随娘到房内歇歇去吧。"听父母说起张珍，牡丹心里甚是不悦。想那张珍，家道中落，不名一文，自己却与他早有婚约，现今又居在府中，也不知何时是个了结。听母亲唤她，便转过脸去，"孩儿不去！"冷冷的声音，透出十分的不快。母亲知道女儿心思，便埋怨金宠道，"相爷，妾身早就说过，叫那穷酸写下退婚文书，好打发他走，你偏要留他，如今你看……"看着女儿背对自己的身影，金宠怜爱道，"儿呀，休为此事惆怅，为父早有主张。倘若叫他退婚，事虽可了，但也会落个欺贫爱富之名。金府三代不招白衣婿，眼下暂留穷酸，只待他赴考落第，到时再开雀屏，另选状元，也未为晚。"知道了爹爹的用心，牡丹反倒有些不好意思，于是娇声唤道，"爹爹。"夫人见女儿转怨为喜，便又劝女儿到亭内休息。这时，金牡丹倒来了兴致，"女儿还要赏玩一会。"金宠叫丫环侍候小姐，自己就和夫人往内走去。

也是合该有事。那一晚，张珍也和鲤鱼月下赏梅，只是僻处一隅，也无甚好花可观。张珍探头见园中数枝红梅开得正艳，便对鲤鱼道，"娘子，待我去折些好的。"说着，便向园中走去，竟忘了金家对己定下的规矩。

进得园来，正要伸手采折，抬头竟见鲤鱼已在前面。张珍不知此乃牡丹，便亲亲热热地唤道，"娘子。"张珍乍入金府，便被围在草房读书，与牡丹无有一次照面，小姐自然不识张珍。此番见一陌生男子突兀地叫自己娘子，不禁大吃一惊，"啊呀，你是何人？竟敢叫我娘子？"张珍沉浸在喜悦之中，牡丹之语，根本不曾听见，顾自走上前来，"娘子，我给你戴花来了。"牡丹见此人胡言着要给自己戴花，更是一阵惊慌，忍不住高声叫道，"胡说！有贼！快来人啊！爹爹，母亲，不知哪来的狂生，竟敢调戏女儿，快快把他赶了出去！"

金宠与夫人并未走远，听见女儿惊叫，便匆匆赶回，边走边回应道："狂生在哪里？"走到跟前，见是张珍，便破口骂道，"你这个小畜生，这还了得！"手指点着张珍，疾言厉色，"小畜生，你枉读诗书，全无礼义廉耻。我金府岂能招你这等不肖之徒为婿！"金夫人揽着女儿，也高声叱骂，"小畜生！你枉为书香门第官家后人，端的下流无礼。"回头高声对众家院道，"快快赶将出去，堂堂相府岂能容你这无耻之徒。"金宠也大声下令道，"轰了出去！"见金家如此对待，张珍真是又羞又气，又恼又恨，见一众家院上来拉扯他，七尺男儿，也起了血性，一字一顿地道，"我自己来得，自己会去。"言罢，转过身来，款款而去。把个金宠气得"你、你"的说不出话来。

三

走出相府，张珍才发现自己什么东西都不曾收拾。孤身一人，前往何处？回想刚才情景，恨的是金宠赖掉婚姻赶我出门，怒的是牡丹抛却恩情无端变心，叹的是自己父母双亡孤苦伶仃。思想起来，真是万般屈辱、满腹凄清。想想此地无处安身，看来还是回家去吧。张珍主意已定，迈开脚步就往家里去了。

才走几步，却见前面水井边一人倒在地上。张珍忙问道，"你是何人？为何跌倒？"那人缓缓起来，娇声答道，"我乃金氏牡丹，因追赶我家张相公，一路之上，人挤马仰，跌倒在地。"张珍仔细一看，果是牡丹，不由气上心头，恨声道，"张相公早被你赶出门去，还追他作甚？"鲤鱼露出无限牵挂，"我与他有夫妻之情，岂能让他流落在外。"张珍责问道，"你在花园高喊捉贼，还有什么夫妻情分？"鲤鱼心想，张郎不知两牡丹一真一假，也难怪他愤愤不已，刚才顺水而行，一路追寻，赶在张珍前面，假装摔倒，此时听张珍言语，便作惊喜状，"啊，原来是张郎！"张珍听叫张郎，冷声答道，"我是狂生我是贼，哪是你的张郎？"鲤鱼好言劝道，"张郎休要如此言讲，适才并非有意冲撞，只因爹娘在旁，妾身是逼不得已，万望见谅。"张珍驳斥道，"说什么逼不得已，分明是翻脸无情变了心肠。"鲤鱼显出委屈，"我若是变了心肠，怎会黑夜奔波追赶张郎？"张珍显得十分绝情，"哼，花园捉贼又作何讲？从今以后，你我各奔东西，互不相干！"见张珍这样言说，鲤鱼伤心至极，哭诉道，"张郎，如此说来，你才是翻脸无情的负心汉！草房探亲，月下倾情，长夜伴读，相偎相依，你已俱都忘却？"见张珍仍不言语，鲤鱼幽幽叹一口气，"如今妾身有家难归，夫君又执意不肯体谅，还不如奔赴黄泉，死了的好，"说着便欲起身投井。张珍此时早已泪如泉涌，一把揽住鲤鱼，哽咽道，"小姐，你一片深情我永难忘怀！"鲤鱼偎在张珍身边，"妾身愿随张郎受苦受穷，再也不回家了。只是如今你我何往呢？"张珍叹一口气，"只得暂时到我自己家里去了。"鲤鱼一听，非常开心，"好啊，我们一同前去。"张珍一怔，"不行，要是给你父亲知道了，那可怎么得了！"鲤鱼心想那牡丹在家里好好的，有什么相干，口里却道，"那也顾不得这许多啦。"这时耳边传来阵阵鼓乐声，鲤鱼一听，十分兴奋，"张郎你听，锣鼓喧天，一路上你我夫妻同观花灯岂不是好！"张珍心事重重，"还是赶路要紧。"鲤鱼见张珍满脸忧色，劝解道，"张郎，今晚你我夫妻不妨多观花灯，以慰不快，如何？"说着作撒娇状。张珍见鲤鱼可爱模样，不觉心情大好，两人携手，欣然前往观灯。

花是花山，灯是灯海。大街小巷都是锣鼓喧天，万户千门俱是弦管声哗。观灯的人群熙熙攘攘，摩肩接踵。一边是狮子滚绣球。舞狮人高高跃起，狮子张开大口作咬人状，把旁边的游人逗

得哈哈大笑。一边是二龙戏珠。龙头左顾右盼，龙身在众人头顶翻滚而过，一众人啧啧称奇。一边是双双蝴蝶迎风飞舞，一边是对对鸳鸯比翼交颈。叫好声中，一队花灯过来，扮的是观音足踏莲花，手执拂尘；喝彩声中，一队花灯过来，讲的是昭君出塞，怀抱琵琶。喧闹声里，又一队花灯过来，演的是白蛇传，但见法海手执宝剑，凶神恶煞，白娘子与许仙断桥相隔，悲痛欲绝。张珍、鲤鱼看了，一阵心惊。鲤鱼连声道，"张郎不要看了，我们快走吧。"两人急忙回头，准备挤出人群。

金宠从府中出来，也在观灯。忽见前面一对男女匆匆离去，看似十分眼熟，便问家院道，"那是何人？"家院应道，"小的不敢讲。"金宠知道其中必要蹊跷，厉声道，"讲！"家院颤声回道，"是张相公和我家小姐。"金宠大怒，"好一个大胆的小畜生，我刚将他赶出府去，竟又敢勾引我女儿闹市观灯。这还了得！"回头喝道，"快将两人追回！"

四

金宠进入府来，一脸怒色。夫人上前询问，金宠恶声说道，"这个畜生，已经赶出府去，竟还约我女儿，共往闹市观灯。传扬出去，相府名声何在？"

夫人听罢，不由笑道，"我道何事。相爷真是老糊涂了。适才你上街观灯，我母女在楼厅临窗对酌，女儿何曾离开半步，定是你老眼昏花，认错人了。"金宠益发气恼，"老夫双眼明亮如镜，刚才对面相逢，看得真真切切。你休要文过饰非护她的短，如此败坏家风，岂是小事！"此时，家院入内报道，"禀相爷，已双双追回。"金宠高声道，"带上来。"家院应声退下。鲤鱼、张珍两人被带了上来。鲤鱼见金宠夫妇站在上边，一个是满脸怒气，一个是错愕不止，忙上前叫道，"爹爹，母亲。"金宠不曾理她，怒向张珍道，"大胆畜生，竟敢坏我门风、败我名节，这还了得，来人，把他绑了。"鲤鱼忙上前拉住金宠衣衫，低声恳情，"爹爹息怒。"金宠爱女心切，语气稍软，"将这小畜生暂押书房，再作道理。"家院推张珍下去。鲤鱼见状，不觉跟上前去。金宠惊道，"你还要跟去？还不回房！"省悟过来的金夫人也唤道，"快随娘回绣楼去。"此时，金牡丹听得外面喧哗，就走了出来。见鲤鱼站在一旁，惊问父母，"母亲，爹爹，这是何人，怎么与我打扮成一般模样？"见牡丹出来，鲤鱼也连忙作吃惊状，"母亲，爹爹，这是何人，怎么与我打扮成一般模样？"见鲤鱼问出同样的话来，金牡丹便怒气冲冲地指着鲤鱼道，"你是何人？竟敢冒充相府千金！"鲤鱼也怒气冲冲，"你是何人？竟敢冒充相府千金！"金牡丹一愣，作醒悟状，"莫非你是妖精不成？"鲤鱼急道，"你是妖精！"金牡丹连忙反驳，"你是妖精！"

夫人惊问金宠，"怎么弄出两个牡丹？这可如何是好？"金宠急道，"女儿是你抚养长大，你定能分出真假。"夫人心神一定，"是啊，我的女儿，我一定能分出真假。"见父亲要母亲分辨真假，牡丹忙上前叫道，"母亲，儿是牡丹。"鲤鱼也连忙上前，"儿是牡丹。"夫人愕然。众丫环叫道，"老爷，夫人，我们侍奉小姐多年，一定可以分出真假。"夫人急道，"快去认来。"众丫环齐问道，"你是小姐？"鲤鱼、牡丹异口同声："我不是小姐，还会是谁？"众丫环见两位小姐一模一样，此时又都动了怒，不由一阵害怕。夫人连声问道，"认出没有？"众丫环心想，小姐只有一位，断不会两个都是真的。若说这个真那个假，一来确实无法分辨，二来无论得罪了哪一位，都担待不起，一时竟答不上话来。一边的金宠迫不及待，"究竟谁是真的？"众丫环齐声道，"我们丫环是真的。"把个金宠夫妇急得连连跺脚。

夫人忽然想到，女儿左手有肉痣一颗，有的自是真的，没有即是假的。金宠一听，忙叫丫环去认。鲤鱼一听，匆忙偷觑一眼牡丹手掌，急向手心吹一口气，迅速上前一步，叫道，"爹爹，母亲，孩儿手上有肉痣。"众丫环簇拥上来，一看，齐声叫道，"老爷，夫人，她手上有肉痣。"夫人一听，向鲤鱼哭喊道，"我的儿啊！"牡丹见状也连声高叫，"儿有肉痣，儿是真的！"鲤鱼与牡丹都抢着说自己是真的，不觉争吵起来，互相拉扯着嚷嚷"你是妖精，你是妖精。"金宠急忙上前劝架，可两人依然吵闹得紧，金宠见状，不觉仰天长叹，"苍天！苍天哪！我金宠在朝奉君，勤理朝政，上苍缘何仍降下灾星，让怪孽妖精上门？两女一模一样，叫我如何是好？"见金宠仰天长叹，不能自已，夫人忙劝道，"相爷莫急，待妾身再来看个分明。"说罢，走上前来，细看两女。只见两人均是头上珠翠斜压云鬟，樱桃小口淡点胭唇，身上均是凌罗双凤袄、锦绣百花裙，腰间挂着玉佩，裙下是一双大红袜履的三寸金莲。根本无甚区别！两女见夫人正在细细分辨，均连忙嗲声叫道，"母亲，儿是牡丹。"一见对方同样叫唤，牡丹便出口骂道，"你是九尾狐狸精。"鲤鱼不敢示弱，"你不要血口喷人。"两人又同时骂道，"一旦查出真形，定叫你天雷轰顶。"

见两女"妖精、妖精"的互相骂得厉害，金宠倒静了下来，于是叫丫环将两女带了下去，各锁一屋。见两女离去，夫人急问道，"这便如何是好？"金宠劝道，"夫人不必惊慌，闻知包大人斩妖剑厉害，待老夫后堂修书一封，请包大人过府判明真假。"

五

鲤鱼神通广大，听闻金宠请包大人前来断案，情急之下，连忙向众水精求救。

见鲤鱼有难，乌龟精和水中众精怪纷纷前来询问究竟。待鲤鱼把事情原委一一说了，乌龟精倒是十分冷静，"贤妹莫慌，愚兄自有妙计。我等不妨化作包公与张龙、赵虎、王朝、马汉等人模样前去金府，到时让金宠真假莫辨，我等审时度势，再作计议。"

主意已定，乌龟精等一干人马，急急装扮，匆匆出发，准备赶在包拯的前头。

六

乌龟精到了金府，金宠迎了进去，刚在客堂坐下，一家院慌张入内道，又来了一位包大人！金宠大惊，怕自己糊涂，忙问龟精，"我朝之中有几位包大人？"龟精答道，"只有一包，并无二包。"金宠结巴道，"可门外又来一位包大人！"龟精笑道，"来的怕是草包。"

　　金宠不敢怠慢，匆匆出去迎接，毕竟迟了一步。包拯有些不悦，"相爷莫非有慢客之意？"金宠一脸无奈，"刚才已来了一位包大人。""包什么？"包公也是一惊。"包拯。""大宋朝哪来两个包拯？"包公撩袍端带，进入客堂，见堂上果真坐了一位与自己长得一模一样的"包大人"，不由心头怒起，"何方妖孽，敢称老包！"龟精见包公动了气，不由露出得意神色，嘻嘻笑道，"既有双牡丹，就有双老包。"包公怒斥道，"鱼龙从来难混淆，大胆妖孽，竟敢到相府骚扰！"龟精不屑，"要你多管闲事作甚！"包公怒道，"慢说此乃人间之事，就是阴曹地府老包也要管上一管。"龟精哼了一声，"今日之事，你岂知个中奥妙？"明知两个包公必有一假，但谁真谁假同样难以判别，居此之下，金宠真是谁也不敢得罪。此时见两个包公起了争执，惊得忙上前劝道，"两位大人不要为了小女之事，伤了和气。"包公一拂衣袖，"与妖怪讲什么和气？"龟精却笑道，"凡事要平心静气。"金宠赔上笑脸，"还望两位大人判明真假。""老包自有判断，"包拯大声道，"升堂！"龟精也不甘示弱，"升堂！"相府的客堂这一次倒成了审案的大堂。一边一桌，两位包大人分头坐了。

牡丹、鲤鱼带了上来。见过两位大人，两位"牡丹"又在堂上争吵起来。

两位"包大人"俱喝道，"休得争吵，从实讲来。"两牡丹齐声道，"大人容禀！金牡丹本是相府千金，与张珍自幼订婚，只因他父母双亡，爹爹就留他在碧波潭畔攻读诗文。谁知他竟闯入花园，与我来诉说衷肠，爹爹便将他赶出府去。元宵日众家丁将他追回，谁知他带来一个妖怪。"话说到此，牡丹与鲤鱼又互相指责一番。

包公稍一沉吟，唤道，"将张珍带上堂来！"龟精也叫道，"将张珍带上堂来！"

张珍上堂跪下，包公喝道，"张珍，你知不知罪？"龟精自是同一声口。张珍回道，"学生不知罪。"包公斥责道，"张珍你身为黉门秀才，既蒙相爷收留，理当埋头苦读，力图上进，你却胆大妄为，竟敢闯入花园，做出越礼之事。既被相爷赶出府去，又诓牡丹小姐长街观灯，以致花娇月魅扰乱相府。祸由你起，如何容得！来，将张珍革去秀才，推下去重责四十！"张珍大惊，高声喊道，"大人，学生有辩啊！"包公回道，"讲。"张珍诉道，"大人啊，我与牡丹小姐既有夫妻名分，花园约会也是常情。相爷说我寡廉鲜耻有辱斯文，分明是他爱富嫌贫辱我张珍。"包公喝断张珍诉说，"相爷虽有不是，也是你行止有亏。休得多言，与我重重地打。"

一旁鲤鱼见张珍真要拉下去受重责，不由悲从中来，哭喊道，"张郎！"张珍转过身子，也哭叫道，"娘子！"鲤鱼抬头向上，责问道，"人说包大人为官清正，却原来偏听不公！"张珍也忙叫道，"清白无辜竟要受刑，这天大的冤屈何处去申？"包公心道，"老包假装用刑，一试之下，但见堂下两个牡丹，一个抱头痛哭，一个默默无声。看来果是一样相貌，两样心肠。"包拯心中有了准谱，于是高声宣道，"真假已然分明。"龟精一听，也忙装出成竹在胸的样子，"老黑，谁真谁假，你难道还不清楚吗？"包公答道，一声动刑，真假已明。龟精问道，"那哭的？"包公道，"是假。""那不哭的呢？""是真。"龟精叫道，"不对，那哭的是真，不哭的是假。"包公正色道，"那哭的是假，不哭的是真。"龟精见老包语气坚定，便道，"谁是真谁是假，不问别人，但问张珍。"包公便道，"张珍，容你细细讲来。"张珍一听，便高声道，"大人，今日公堂审案，案由我起，真假我自然知晓。常言道相亲相近乃人之常情，作怪害人才是妖孽。她俩容貌虽然相同，但一个是书房探亲，一个是花园捉贼，一个是观灯慰情，一个是公堂冷眼。凭容颜难分谁假谁真，论亲情可辨是妖是人。助人是人，害人是妖！"这下龟精来劲了，"对呀，老黑，你可听清，我说哭的是真，你偏说是假，好一个糊涂的老包！"老包没有理会龟精言语，指着牡丹对张珍喝道，"张珍，你休得妖迷心窍，那是假牡丹，这才是真牡丹。"张珍应声答道，"不，大人，这才是真，那才是假。"说着还往身旁的鲤鱼精靠近了些。包公语调威严，"休得多言，将张珍带了下去。"张珍冲着包拯大声嚷道，"真假颠倒，你这个包大人不公，包大人不公啊！"

这边金宠松了一口气，向牡丹唤道，"儿呀，你与那小畜生孤情寡义，你才是我的亲生女儿。还不快来谢过包大人。"金牡丹一脸得意，指着鲤鱼叫道，"你是假的！"此时，龟精断喝道，"她是真的，你才是假的。"眼看场面又生乱象，包公喝道，"来呀，呈上斩妖剑。"欲向龟精首先动手。龟精并不慌张，正色道，"老黑，你可不要胡砍乱斩，杀了假包不要紧，杀了真包那还了得。"包公一声冷笑，"谁是真包，谁是假包！"龟精接道，"断得明是真包，断不明就是假包。"包公道，"老包哪一桩案子断得不明？"龟精答道，"你不见两个娇娘两样心？一个欺贫爱富，一个情深义重。前者理应惩处，后者本应同情。可你断案却是正邪不分，是非不辨。今日纵然命丧剑下，我也要痛痛快快地骂你一声！"包公问道，"骂我什么？"龟精声调铿锵，"骂你不分是非、不辨皂白，枉称青天，实足一个糊涂汉！"包拯一愣，暗道，"这假包说得倒也在理。小张珍父母双亡，远道来汴梁投亲，金宠父女看不起这穷困潦倒的读书人，便把他撇在碧波潭畔，以致引得妖怪化成娇娘前来相聚。真牡丹势利薄情，假牡丹倒是一副好心肠。我若强分真假，岂不拆散一对好鸳鸯？"见包拯作沉思状，堂上也静了下来，大家都看着包公。忽然，包公浑身一震，似已下定决心，"老包做事向来公正，岂能袒护权贵为虎作伥！"抬起头来，叫道，"来呀，带张珍上堂。"张珍又上得堂来，跪下道，"叩见大人。"包公判道，"张珍，本堂今日赦你无罪，容你带着你认定的牡丹小姐，一同回故里去吧。"张珍喜出望外，连连高呼"多谢大人。"断案罢，包公喝道，"来呀，打道回府！"金宠急了，忙上前问道，"包大人，妖孽还未斩呢？"包公头也不回，"宝剑虽利，不斩无罪之妖。"

金宠顿足道，"老包不理此案，难道我就罢了不成。"稍一沉思，叫道，"有了，待我奏明圣上，降下诏旨，命张天师前来捉拿此妖便了。"

七

离了相府，上得路来，张珍与鲤鱼仍是做梦一般。回首刚刚发生的一幕，正是曲折离奇，惊心动魄。特别是张珍，更是虚脱一般，晃晃悠悠的，犹如脚踏棉花。

鲤鱼又是另一番心境。终于可以与张珍比翼齐飞了，返乡度日，自是一喜，只是，那金宠岂肯善罢甘休？

出了汴梁城，张珍已平静了许多。两人不免又对金宠欺贫爱富，不仁不义，赖掉婚姻之事斥责一番。一路之上，行人川流不息，两人携手而行，一对俊男靓女，赢得众人不时驻足观看。张珍忽而想到，小姐乃千金之体，此去家乡三百余里，如何行得？鲤鱼看出张珍忧虑，宽慰道，"只要张郎在身边，别说三百余里，就是天涯海角，我也能行。"张珍又是一番歆歠。

又行一程，鲤鱼渐渐加快脚步，张珍反倒有点跟不上了，于是叫道，"娘子慢些走。路途遥远，似你这般走法，恐怕走不多远，就走不动了。"鲤鱼反应过来，想放慢些，但是空中已隐隐传来鼓声，鲤鱼知道，自己为了张珍，化作牡丹模样，已是违了天条。揣度眼前光景，自是金宠告状，张天师发了天兵天将前来捉拿了。看看身旁张珍，一介书生，已是走不动了，若是自己先行而去，岂不抛下张珍？自己若是伴他而行，天兵天将一到，这夫妻怕也要就此分离。

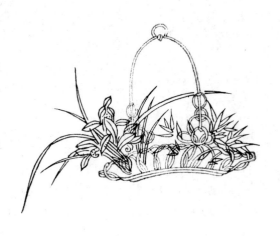

　　思想至此，鲤鱼知道已到非常时分，看来还是把真情告诉与他。正欲出口，转而一想，若说出真相，张郎还会爱我吗？若是不说，恐又没有机会再作解释。左右为难，鲤鱼急出一身汗来。张珍见鲤鱼神色大变，便上前道，"娘子，你我夫妻同心，纵然有天大的事，你也要告诉张珍！"鲤鱼见张珍这样说话，便开口道，"张郎，你可认得我吗？"张珍笑道，"我怎么不认得你，你是我娘子牡丹小姐啊！"鲤鱼答道，"我不是牡丹。"张珍玩笑道，"那定是广寒仙子。"鲤鱼正色道，"我也不是广寒仙子，我是碧波潭鲤……"张珍也是一惊，"李？李什么？"鲤鱼定一定神，望着张珍，心头一酸，眼泪涌了出来，"张郎你不要害怕，我乃碧波潭鲤鱼精。在银涛碧浪已有千年修行，只因慕君才华出众，心地纯真，又念你怜我独居水府寂寞凄清，于是化作牡丹模样，与郎君比翼双飞结成鸳鸯。"张珍一听，自是吃惊不小，但回想过往情景，也就释然，细看鲤鱼已是泪人一般，不由豪情勃发，"娘子，你我碧波潭初会，月下定情。元宵观灯，心情欢畅。公堂之上，你不顾包公斩妖剑，一心护我，真是情真意切。那牡丹爱的是荣华富贵，哪里比得上娘子恩重义长。这般知己人间难觅，你就是鲤鱼精又有何妨！"鲤鱼听罢，益发感动。张珍上前一步搂住鲤鱼，长叹一声，"神仙眷侣只是书上说说，张珍何幸，荒郊野外竟也拥有天堂美景！"见张珍不仅不怪，反而更生爱意，鲤鱼一阵激动，心想，自从见到张郎，就知他有情有义，往日夫妻携手，真是神仙眷侣。今日说出真情，他竟并不因惊变心。思想至此，鲤鱼十分宽慰，对张珍言道，"天可怜见，我鲤鱼真是眼睛亮，草堂灯下选中了如意郎君！"说话间，两人不免又是一番柔情蜜意。此时一道闪电划过，鲤鱼耳听得天鼓声更加近了，不由抬头望天，恨声道，"恨只恨那金宠作祟，张天师已点下天兵天将，前来捉拿于我了。张郎你且躲避一时，待我前去阻挡一阵。"话音未落，一阵狂风吹来，天上竟已乌云翻滚。张珍一听，急忙拦住鲤鱼，"娘子，我不能离开你，我要保护你。"话音刚落，半空中一个霹雳。鲤鱼知道，天兵天将已经到了，急对张珍道，"你哪里能行，还不快去一边躲避。"此时，空中天将喝道，"哪里去！"鲤鱼急道，"休得伤害我张郎。"说罢，迎上前去，霎时狂风大作，电闪雷鸣。张珍抬头见鲤鱼已与天兵天将动起手来，急忙叫道，"娘子，娘子，我来帮你，我一定要和你同生同死！"听到张珍叫声，鲤鱼更觉欣慰，于是鼓起精神，与天兵天将斗将起来。

　　龟精率众水妖前来助阵，奈何怎敌天兵天将的神勇。眼看众水妖渐渐地落了下风，只能且战且退。

鲤鱼知道再这样缠斗下去，自是必败无疑，看来，自己恐难逃此劫。想自己一死不足道，不知张郎会何等伤心？他孑然一身，无依无靠，怎么度日？思想至此，鲤鱼心头一酸，手上也不觉一松。天兵瞧出破绽，挥舞兵刃，欲就此结果鲤鱼性命。

八

"且慢！"忽然空中传来一声娇叱。众天兵一愣，回首一看，却是南海观音脚踏莲花，在祥云环绕中，缓缓而来。见众天兵停了下来，观音轻传梵音，"尔等退下，我乃特来收服于她。"众天兵唱个"喏"，纷纷退下。

鲤鱼见是观音，也是一惊，忙扑倒在地，"小妖叩见娘娘。"观音见鲤鱼语音发颤，知是受惊不小，便慈声道，"鲤鱼精你不用惊慌，我乃特来搭救于你。"鲤鱼又惊又喜，"多谢娘娘。"观音正色道，"现有两条生路随你选来，你愿大隐，还是小隐？"鲤鱼又是一惊，抬望大士，不解道，"大隐怎得？小隐何来？"观音语声怜爱，"小隐随吾到南海修炼，五百年后得道成仙。"鲤鱼急道，"那大隐呢？"观音一字一顿，"大隐拔鱼鳞三片，打入凡间受苦。"鲤鱼毫不迟疑，"小妖情愿大隐。"

观音一听，殊是不解，"却是为何？"鲤鱼略带羞涩，"为了张珍，小妖情愿被打入凡间受苦。"观音略带笑意，"张珍乃一凡夫俗子，你为他抛下千年道行岂不可惜？"鲤鱼急道，"娘娘，张珍乃至诚君子，小妖与他海誓山盟，我若负他，还成什么仙，还求什么道？"见观音略有迟疑，鲤鱼连忙哀求道，"求娘娘大发慈悲，拯救小妖。我情愿打入凡尘，与张珍同生死。"观音凝视鲤鱼，还是没有吭声，鲤鱼发誓道，"我情愿丢弃千年道行，宁可离却蓬莱仙境，甘愿忍受剧痛拔下鱼鳞，但求换得一个自由自在之躯。"观音见鲤鱼心意已决，便开口道，"善哉，善哉。如此就拔去鱼鳞三片，大隐了吧。"说完，眼望鲤鱼，口中又连道"善哉。"

可怜鲤鱼，遍地打滚，拔鳞之痛，痛入骨髓。好在心中念叨着张郎，愣是挺了过来。

鲤鱼大汗淋漓，悠悠醒来，见观音已驾祥云而去。此时隐隐听得张珍在远处焦虑万分地呼唤"娘子"。耳听着张珍的呼声渐渐近来，鲤鱼浑身无力，想回应却叫不出声来，大滴的眼泪滚过苍白的脸庞，止不住地洒在地上。

龟精和众水妖看到眼前情景，也忍不住一阵哽咽。

二〇〇九年四月二十五日

枝山连连冷笑，

王天豹啊王天豹，

观今日之事，

便知你平日是何等地为非作歹！

今夜错把文宾贤弟当作美人抢去，

明日定要登门问罪。

到时，里应外合，

非闹他个地覆天翻不可。

王老虎抢亲

一

周文宾性格开朗，却有静气。每日里，都是居家攻读诗文。

苏州解元祝枝山就不一样了，闲来无事，喜欢到处走走。时值元宵，祝枝山到杭州拜访文宾贤弟来了。

好友相见，问安罢，祝枝山便正正神色，十分关切地询问，"小周，贤弟家里是越来越穷了？"文宾一愣，"此话从何说起？""不是穷得连柴都买不起了吗。"文宾笑道，"小弟清贫，也不至于此吧。"枝山便笑起来，"既不缺柴火，远客到访，何以不见茶水呢？"文宾大笑，"老祝厉害，难怪人家称你为洞里赤练蛇。"回头大声呼唤书童，"琴儿，上茶摆酒。"老祝见状，一脸得意，"我这条蛇呀，只咬坏人，不害好人。"

少顷，琴儿进来，"相公，酒已摆好。"小周忙请老祝入席。枝山客气道，"来时匆忙，未曾带来苏州特产，现在倒要叨光杭州酒菜了。"文宾知道老祝的脾气，顾自道，"祝兄，今宵与你一醉方休。"枝山大笑，"好，丢却人间凡俗事，学个八仙醉瑶池。"

三杯老酒入肚，文宾问道，"祝兄，这状元红如何？"枝山晃晃脑袋，"好酒，好酒！你我再干三杯！"文宾痛快应道，"好！"

知己相逢，无酒自醉。此时，老祝兴致渐高，话也更加多了起来，"贤弟，近来何以消遣？""诗酒自娱，"文宾也有了三分酒意。"婚姻大事呢？"枝山问道。"这个啊，四金刚腾云，"文宾哈哈一笑，似有苦涩。"噢，悬空八只脚。"枝山一阵大笑。"形单影只，孑然一身，终日里与书、画、琴、棋为伴，"文宾苦笑道，"月老大意，姻缘簿上忘了我的名了。"此时，老祝却回过神来，"你不是向王府提亲了吗？"这一问，却把文宾的怒气提了起来，"说起此事，我是恨犹在，气未平。想那尚书千金王秀英，端的是琴棋书画样样皆精，小弟慕其才华，确曾托媒说亲。气的是那王家，不允婚姻也就罢了，先是冷言讥笑，后又故意设难，说要娶秀英倒也同意，只需十担黄金为聘即可。明知周家清贫，如此说话，真是欺人太甚！"见文宾动了真怒，枝山打趣道，"这都是你自己的不是。"文宾疑惑道，"倒是小弟错了？"枝山笑道，"你何不请我前去说媒，凭我老祝这张嘴，不但不要财礼，管叫他们把

王秀英倒送上门。"文宾一听，又好气又好笑，"老祝又夸海口了。"祝枝山却是一脸正经，"不是我夸口，以贤弟这般才品，兀的还怕找不到贤妻淑女？你的婚事包在我身上，来，吃酒。"说着又端酒杯。文宾也忙应道，"吃酒，吃酒。"

枝山上了酒兴，大声道，"光是喝酒，有何趣味，何不弹上一曲？"文宾见琴儿已递上琵琶，便道，"祝兄想听什么？"枝山道，"我对此道素不精通，悉听尊便。"文宾笑道，"如此岂不是对牛弹琴了吗。"枝山一口酒喷了出来，"老讨便宜，还不快快弹来。"

文宾就不言语，径自弹了起来，原是《昭君出塞》。文宾弹得投入，枝山听得入迷。一曲罢，枝山抚掌道，"玉盘滚珠，高山流水，弹得妙极。"文宾谦虚道，"献丑献丑。"枝山借着酒意，凝神看了文宾一会，顾自笑将起来，"微含酒意醉三分，两腮红似胭脂晕。怀抱琵琶半遮脸，不似男儿似美人。"

文宾一听，哈哈大笑。琴儿在一旁插话道，"我家相公本来就称周美人。"文宾有点不好意思，枝山却饶有兴致，连连追问这周美人是从何而来。

文宾笑着答道，"文宾有个姐姐叫文英，姐弟长得十分相像。母亲视爱女若掌上明珠。谁知姐姐十一岁时染上重病，药石无效，终于不起。母亲思女心切，终日默默流泪。嫂嫂见姐弟容貌相似，便叫文宾装扮成姐姐模样，母亲见了竟分辨不出。"枝山听了，撇嘴一笑，"男扮女装怎会看不出来，此事令人生疑。"文宾接道，"不是小弟夸口，似你这般，就是浑身长眼，怕也认不出来。"枝山高了高声音，"眼见为实，你不妨现在扮上，以我这双慧眼，管叫你立现原形。"文宾有点不屑，"凭你这双近视眼，我就是站在你面前，你也看我不清。"枝山大声道，"莫说当面，就是人群之中，我也能立马认得出来。"文宾被他一激，应道，"既然这么说，那么，今夜正逢元宵佳节，街市灯火辉煌，游人如织，你可敢在人群之中试上一试？"枝山十分爽快，"这有何难，约个地方。"文宾道，"赛月台，如何？"枝山道，"赛月台就赛月台。可有一样，我若认出，你便怎样？"文宾一听，来了兴致，"莫非老祝有意一赌？"枝山十分高兴，"纹银一百两，助助兴，如何？"文宾一笑，"输了可不兴赖！"枝山伸出手来，"愿三击掌。"文宾伸手应了，"好，今晚赛月台见。"

枝山满腹高兴，"小周，趁早备好东道钱吧。"

二

钱塘自古繁华。元宵佳节，更是人是人山，灯是灯海。

赛月台前，琴儿真是目不暇接，恨不得浑身是眼，好多看些。枝山近视，抬眼看去，只见灯火辉煌，闪闪烁烁，人头簇拥，熙熙攘攘。枝山心里惦记着和小周的打赌，一路上总是向琴儿打听文宾的扮相。可琴儿却忙于观灯，哪里还有心思回答问题，再说，自家相公真要扮了，自己一时半会也认不出来，于是把祝大爷引到赛月台前，便顾自随着人流观灯去了。

枝山知道，今儿个得靠自个了。好在平素与小周甚是熟稔，再说，男扮女装，就算相像，岂有识不破的道理。于是，眯着双眼，开始在人群中搜寻文宾。

正好一个妇人过来。枝山见其东张西望，左顾右看的，估摸就是小周扮的。可观其相貌，却正经是个女的。枝山心道，这貌可装，声音怕是遮掩不过的。于是，迎上前去，轻施一礼，"这位大嫂请了。"妇人见一陌生人向己施礼，好生奇怪，也回了一礼，"请了。"枝山一听，嘿，小周还真会装，故意逼着嗓子，作女人相。心想，不如和他开个玩笑，"哎呀大嫂，你可是在找人吗？"妇女漫声应道，"是的。"枝山上前一步，"找的是哪一位呀？"女人听出话中的玩笑味道，不知其是何居心，便厌恶道，"关你何事！"老祝见其动了怒气，以为是小周故意装的，益发得意，"哈哈，不要装腔作势，可是找的我啊？"妇女奇道，"找你？"枝山不禁摇头晃脑起来，"是呀，我在赛月台前恭候多时了。"女人益发不解，"你说什么？"枝山紧逼一句，"心照不宣，各人肚里明白。"见枝山满嘴胡言，妇人便动了真怒，"你这人衣冠楚楚，甚少礼貌，颠三倒四，胡说八道。若不念你上了年纪，一定把你送官查办，绝不饶你！"枝山一听，心想文宾被我识破，便假装动怒，想用官府吓我，以便脱身，我哪里会中你的计。于是，嘻嘻笑道，"送官究办我是不怕的，倒是你男扮女装罪名不小。"妇女又气又急，"谁男扮女装了？"枝山取笑道，"看你装扮女人，倒也有几分像的，只是年纪太嫌老了。这副模样周美人是算不得的，看起来更像是周姥姥。"

女人又气又急，"什么周姥姥、王姥姥，谁认识你？"祝枝山成竹在胸，"你不认识我，可是我认识你。噢，我在这里先谢过了。"女人奇道，"谢什么？"枝山应道，"一百两银子啊。"女人吃了一惊，"什么一百两银子？"枝山嘿嘿一笑，"男子汉大丈夫跌得倒爬得起，输就输，赢就赢，装什么糊涂！"女人气极了，"这人疯了！你再胡言乱语，我要叫人了。"枝山稳拿笃定，"料你也不敢叫，就是叫了，我还是得向你要一百两银子。"女人大声呼唤起她丈夫的名字来。此时，一个男人答应着匆匆过来。枝山一见，才知这女人果然不是小周扮的。见那男人已应声赶来，怕啰唆不清，忙悄悄躲过一旁，心说侥幸。好一会，见那对男女走远了，枝山才又走了出来。

小周还未找到，老祝打起精神，再次睃寻。

又一个女子。枝山细看，那女人似是故意背向而立。分明做贼心虚，定是小周无疑。老祝大喜，快步上前道，"哎，小周，不是老祝夸口，只见背影就认出你了。活脱一个美人，真是像极了。若不是老祝，旁人肯定认你不出。"那女人一听，兀的转过身来，"谁是小周？谁是男人？"枝山用手一指，笑道，"你是小周，你是男人。"少妇一脸不屑，"偌大年纪，不但认错人，还连个男女都分不清！"老祝摇头晃脑，"瞎子吃馄饨，心中有数。你瞒得过别人，瞒不了老祝。小周呀，这一回你输定了，一百两银子拿来！"妇人柳眉倒竖，"谁跟你打赌了？什么一百两银子？"见枝山还是纠缠不清，妇人厉声道，"你我素不相识，什么银子不银子，快点让开！"枝山嘻嘻笑道，"要走可以，银子呢？"妇人见状，又气又急，大叫，"快来人呀。"一男子闻声赶将过来，连问妇人何事。妇女急得要哭出声来，"你怎么来得这么慢，我在此等你，这人语无伦次，说我是男扮女装，还拦住不放，问我要一百两银子呢。"男子闻言大怒，

一把揪住枝山，就要拉去见官。枝山知道又弄错了，连忙解释自己认错人了。妇人抽噎道，"你又不是瞎子，分明是有意调戏于我！"男人也厉声道，"这里灯火辉煌，分明故意，可恼！可恼！"枝山见状，连忙告饶，"你看我眼睛不便，还请原谅，还请原谅。"那男人却仍是拉扯着要见官去。

周文宾早已站在一边，刚才情景瞅个一清二楚。此时，见那对夫妇不依不饶，枝山已十分狼狈，怕真的弄出事来，忙走上前去，劝解道，"看他脖子上挂了近视镜，眼睛是真的不便，你们就放过他罢。"枝山听言，忙举起眼镜示意。那对夫妇见状，便松了手，放了枝山。

老祝见有人帮忙解围，忙连声道谢，回头一见是一个年轻貌美的女子，怕又惹出是非，抬脚就走。只是想想刚才光景，不觉长叹一声，"今夜算我祝枝山倒霉。"话音未落，不曾想那美貌女子却叫出声来，"这位客官，莫非就是大名鼎鼎的苏州祝枝山祝大爷吗？"枝山见有人晓得他的名头，不觉有些得意。那女子见枝山应了，便走将上来，轻施一礼。适才都是被人推推搡搡、骂骂咧咧，现在，终于有人仰慕、尊敬了，老祝心情大好，"这位姑娘，你是哪位啊？"女子轻启樱唇，语声娇柔，"小女子名叫许大，家住清河坊，与周文宾周相公家一墙之隔。爹爹开设一间豆腐坊，父女相依度日。只因我容貌长得像周相公，蒙老太太喜爱，经常进出周家，故而认得大爷。"枝山一听，哦了一声，难怪有些面熟，难怪她晓得本人大名。枝山庆幸自己刚才没有冲她鲁莽，否则又要闹笑话了。女子见枝山独自一人，便询问道，"祝大爷，您上杭城观灯，怎么不见周相公呢？"枝山一听，心道，有了，既然她与周家相熟，不妨先问问她。"许大姐，你经常进出周家，可见过周相公扮过美人吗？"许大应道，"您说的可是周相公男扮女装的事？"枝山急忙答是。许大轻一拍掌，"您问对地方了，这桩事情我是知道得一清二楚三明四白。当年相公梳妆打扮，头上戴的，脸上搽的，身上穿的，都是我亲自动手。装扮好了，不但左邻右舍认将不出，就是老太太也看不清是男是女呢。"枝山心里一乐，"你既然替他梳妆过，那你肯定能认出他装扮后的模样。"许大一扬眉，"不是我说大话，我许大要认他，还不是易如反掌。"枝山一听，心说，今夜要认出小周，看来非靠她不可了。于是，对许大相商道，"今夜周相公又是男扮女装，要我在此当面辨认。我目力不佳，只好有请姑娘效劳，等他稍待到此，请你暗地里帮我指认出来。"许大一听，皱眉道，"这种事情我怎好管呢。"枝山急道，"事成之后，定当厚谢！"许大一听，似乎心动，"谢我什么？"枝山权衡一番，咬咬牙，"谢你五十两银子。"许大一听，大喜，"一言为定！"枝山正色道，"绝不食言！"许大抿嘴一笑，便在一旁坐下。

枝山见状，便相催道，"姑娘既已答应，就该四处观察才是，为何在此一动不动地坐下了。"许大十分自信，"我就是两眼闭上，也知他来与不来。""咦，看不出你还有这等本事，"枝山不免将信将疑。正沉吟间，许大高声叫道，"啊，周相公来了。"枝山急问，"在哪里？"许大道，"在台前。"枝山探头张望，"我怎么看不见？"许大道，"他已上台了。"枝山四处一看，"还是不见啊？"许大娇笑一声，"已在您身边了。"枝山急转身寻找，"连影子都没有啊？"此时，许大仰天哈哈大笑，枝山一听，竟是男声！急忙回头来看，只见许大夸张地长施一礼，"老祝，小弟来了。"枝山盯着许大，见其一副美女模样，依然将信将疑，"你？"许大又恢复刚才女子声口，"祝大爷，我帮你认出了周相公，该谢我了哇。"枝山这才恍然大悟，"小周，你这周美人的雅号，真是当之无愧，老祝甘拜下风，甘拜下风。"

话音未落，只听远处轰的一声，不知是谁发一声喊，便见众人四处乱窜，中有一干人群簇拥着往赛月台逃将过来。

周文宾忙抬头观看，见后面一人富家公子模样，正率众家丁追赶上来。

原来是兵部尚书之子王天豹借观灯之际，看中年轻貌美的，便指挥手下抢回府去。众人见王天豹如狼似虎模样，便拖拉家眷纷纷逃窜。天豹见众美女往赛月台而去，便追赶上来。文宾见一女子被王府家丁拉住，哭哭啼啼，挣脱不出，不由怒火中烧，上前一把拦住，那女子连忙脱身躲过。见有人胆敢从中作梗，天豹便快步走上前来，一见文宾，不由眼前突然一亮，惊为天人，好个标致的姑娘！美呀美，美到不可再美！兀的是三魂失了六魄。管家王彪会意，便吆喝众家丁上前去抢。天豹竟一改平日凶样，笑着阻拦道，"不要动粗，免得吓坏姑娘。"整整衣冠，上前柔声问道，"美人，贵姓啊？"文宾已知王天豹之所为何来，而以眼前情形，也不便道破自己乃男扮女装，于是压住愤怒，决心作弄一番。便仍作女态，娇声道，"姓许。""许什么？"天豹追问一声。文宾作惊骇状，"许大。"天豹听其音，宛如柳浪闻莺，不觉心花怒放，"家住何方？"文宾轻声答道，"清河坊。"天豹作关心状，"为何一人出来观灯？"文宾怯生生地道，"原和表兄同来，刚才混乱，不意挤散了。"此时，老祝站立一旁，眼观天豹，脸带冷笑，并不吭声。天豹见姑娘独自一人，益发得意，"姑娘不必担心，我乃兵部尚书之子王天豹，杭州城内无人不知、无人不晓。姑娘既与表兄失散，不妨随我回府，明日打发小的送你回去。"文宾一听，急道，"不去。"天豹哪里容得，指挥王彪，率一众家丁，把文宾裹挟而去。

此时，琴儿赶回赛月台来，见祝大爷独自而立，急问相公何在。枝山连连冷笑，"王天豹啊王天豹，观今日之事，便知你平日是何等地为非作歹！今夜错把文宾贤弟当作美人抢去，明日定要登门问罪。到时，里应外合，非闹他个地覆天翻不可。"

三

天豹抢得文宾入府，便有些急不可耐。喝令家丁退下，上前来细细打量美人。"红红嘴唇像樱桃，弯弯柳眉似鹅毛。乌乌青丝似漆胶，细细身腰赛柳条。低眉一笑失三魂，回首一看魂魄消。你若走进和尚庙，四大金刚也酥倒。"

这王天豹平素不好读书，专喜在外胡作非为，此时间，心花怒放，竟调笑着念出一首诗米。文宾可是江南才子，诗文名重一时，听了天豹的歪诗，正是忍俊不禁，心想，今日既然进府，不妨戏弄一下这个官家之后，纨绔子弟，杭城恶少。于是仍装作女子模样，慌忙躲过一边。天豹一见，忙作关心状，"姑娘你见了我为何避而远之？"文宾小声答道，"我怕你呀。"天豹一听，笑出声来，"怕我？我不是与你一样，有鼻头，有眼睛，有耳朵,你怕我作啥呢。"文宾仍是害怕,"人家都说你是老虎,老虎是要吃人的呀。"天豹不禁哈哈大笑,"天下哪有穿衣服的老虎呀。"文宾一脸正色,"就是这种衣冠禽兽最为可怕。"天豹一听,知是骂他,不禁想要发作,转而一想,强扭的瓜不甜,人还未到手,不妨先忍气吞声,于是又扮起笑脸,口里唤着美人,色迷迷地走将过来。

文宾一见,暗道,这王老虎是见了美色,迷了心窍,今朝我周文宾倒要和他开开玩笑。于是轻声唤道,"大爷。"天豹见美人叫他,便拖长着声调开心应道,"哎。"文宾言道,"民间女子长相丑陋,刚才大爷未免夸得太过了。"天豹一听,以为美人心动,益发来劲,"姑娘呀,千里姻缘一线牵,今日是天赐良机,实在凑巧。赛月台就是鹊桥,元宵灯做了月老。我与你何不今日配作鸳鸯鸟,从今以后也可夫唱妇随过风流快活日子。"文宾暗想,瞧你这副德性,还想配作鸳鸯,今天我非把你这只老虎变作煨灶猫不可。

天豹见文宾没有吭声,以为美人不愿,便自夸道,"大爷家里是既富且贵,有财有势,我爹爹在朝为官,我母亲乃万岁御封之诰命夫人,而我天豹,又是才貌双全!"文宾一听,真是猪八戒照镜子自不知貌丑。天豹还在洋洋得意,"你看大爷,吃的是龙肝,穿的是凤毛,住的是高楼,唤的是王彪。美人呀,你被大爷看上,真是敲穿木鱼前世修来的好福分,今生交上了好运道。"

文宾见王天豹一副自命不凡的丑态,不由一阵恶心,真待发作，转而一想，觉得此地不可久留，还是脱身要紧，于是仍作女声道，"大爷呀，我家低你家高，凤凰草鸡配不了，还是让我回去吧。"天豹以为美女已被自己打动，只是担心配不上本大爷，于是更加自得，"大爷爱的是你的娇美，岂会计较其他。"转头吆喝王彪，"快快吩咐下去，赶紧张灯结彩，摆酒设宴，大爷要与许大姑娘，马上拜堂成亲。"

文宾一听，不觉一惊，觉得这样下去，不知会闹出什么事来，赶快脱身要紧。于是忙叫住天豹，"慢来，慢来，怎么话还没讲完，就要拜堂成亲了。"天豹见许大不肯答应，只好让王彪先行退下，叫许大有话快说。文宾见天豹一副急不可耐的样子，便道，"大爷恩高义高情也高，我许大就是铁打的心肠也被打动了，只可惜……"文宾说到这里停了下来——事出意外，脑子里还未编好遁词呢。天豹见文宾停下不说，还以为有什么蹊跷事情，连忙追问原因。文宾灵机一动，"只可惜父母做主、媒妁之言，已将我的终身许配掉了。"天豹急道，"配给谁了？"文宾接道，"配的是高姓人家，丈夫名叫高……"说到这里又是一顿，得造个名字呢。见天豹正睁大眼睛听着，文宾接道，"高德宝。"天豹忙问，"高德宝他做什么生意啊？"文宾见他已信了，便笑吟吟地说道，"高德宝在肉庄里做屠夫，杀猪宰羊手段十分了得。"天豹一听，不屑道，"小小屠夫何足道哉，送些银子就把婚事退掉算了。"文宾急道，"不行呀，这高德宝力气大

脾气躁，怒火上来是要动刀子的。你若逼他退婚，他对准你喉咙就是一刀！"天豹一听，并不惧怕，脸上露出狠劲，"他想把我当猪宰啊，哼，王家权势大门第高，哪里会怕这区区高德宝！他若胆敢上门寻事，我就送他去见官。夹棍夹，板子敲，铁链铐，先关他三年，再发配充军，非让他送命不可。从此以后，你就可以一步登天，和我过快活日子了。"说罢，又吩咐王彪赶紧操办。文宾见王彪唱个喏，就要下去，忙叫道，"我还有话没说完呢。"天豹见状，急道，"正是我在火里，你在水里，哪有这么多话。"文宾指着天豹作不安状，"杭州城里人人都叫你王老虎，说你一见女人拖了就跑。口蜜腹剑，反复无常，我要是嫁了你啊，日后恐是靠不住的。"天豹一怔，这倒给你说对了，但看眼前之势，先哄骗过去再说，于是涎着脸讨好道，"许大姑娘，你有所不知，天豹生来就是一个多情种子，这一点就连天上的菩萨也是晓得的。举止斯文，为人老实，从不惹花弄草。生性体贴，性格温顺，从不发火，骂我我不还口，打我我不还手。"
文宾不信，"你真有这样好？"天豹对一旁的王彪努一努嘴，
"你要不信，可以问王彪的。"王彪见状，忙连声道，"是的是
的。"文宾依然不信，"常言道，眼见是实，耳闻是虚。"天豹
一听，赌誓罚咒地道，"你不信呀，我就自己打给你看。"王彪
吃了一惊，心想你往日的威风哪里去了？其实，天豹自有盘算，
眼前不妨先忍着，诸事依你，等到上手，岂能饶你！于是，又催
王彪快去张罗。

　　文宾自然晓得天豹心思，忙道，"且慢，我还有话讲。"
天豹急道，"话拜了堂再讲。"文宾见天豹不允，便哭将起来。
天豹怕美人哭闹，挫了兴致，只好让许大姑娘再讲。文宾便清清
嗓子，"许大家境虽然不好，惯常的礼仪却是知道的。大爷真要
娶我，三件大事那是不能少的。"天豹接道，"哪三件？"许大
侃侃而讲，"第一件，办喜事要张灯结彩，把远亲近邻都请来；
第二件，迎亲时得全副仪仗都出动，我要明媒正娶坐着花桥嫁过
来；第三件，今天不是黄道吉日，成亲拜堂一定要等到明朝举
行。"听许大说前两件时，天豹想无非花些钱财，并无难处，答
应就是。等到听说今天不能成亲，天豹急道，"桩桩都可依你，
唯有这成亲却是一定要在今朝。"文宾见天豹早已按捺不住，急
于成亲，知道得赶快脱身，否则真不知如何收场，于是脆声叫
道，"大爷呀，正月十五元宵节，这个日子是最不好的。我舅舅

是算命先生，吉日凶辰他最会排算了。他经常讲，正月十五要是出远门，半路上一定会遭遇强盗。正月十五要是坐帆船，海上一定会碰到风暴；上山一定踩到滑脚石，过河一定踩断独木桥，种田就终年长稗草，造屋则一定会遭天火烧。这一天生下女儿，长大了就落发庵堂；若是生男，到头来一定到古庙出家。"文宾见天豹神色似已相信，便继续言道，"选这日成亲那就更不得了，新郎必定头昏眼花手脚抽筋，不过三天就一命呜呼。"听到这里，天豹终于啊出声来，"那怎么办？"文宾见天豹已被镇住，便道，"今夜送我回去，明朝花轿再来迎娶。"天豹寻思，"回去？回去后变卦了怎么办？岂能放你回去！"于是劝阻道，"不如今晚到我妹妹屋里借宿，明日一早你我再来拜堂。""你妹妹？"文宾一怔。"是啊，在我妹妹闺楼借宿，总不委屈你了吧。"天豹为自己的主意得意。

他妹妹王秀英长相秀丽，而且是杭城有名的才女，前几年文宾曾经托媒说亲，就是王老虎从中作梗。想不到天下竟有这等巧事！见文宾沉吟，天豹急道，"姑娘，你看可好？"文宾回过神来，矜持道，"怕有些不便。""明天你们就是姑嫂了，有什么好客气的，"天豹高声道，"王彪，掌灯带路，大爷要带姑娘到小姐闺房。"

四

　　望着窗外一轮明月，万顷银光，王秀英却心似止水。庭院深深，绣楼寂寂。光阴似箭，韶华易逝。眼看着日子流水一般，自己虽是花样年华，也挡不住岁月磨洗。婚姻大事，自是父母做主，父在皇城，忙于官务，无暇顾及。母亲眼高，一般人家哪里看得上眼，看得上眼的却并无年龄相仿的青年才俊，即使有的，也大多早已谈婚论嫁。偶尔媒妁上门，哥哥又每每从中作梗，胡说一气，于是这姻缘便耽搁了下来。

　　思想至此，秀英轻叹一声。抬头问月，今夜月圆，也不知人间又是几人欢喜几人愁呢？

　　沉吟间，使女兰香在外轻唤一声，"小姐，大爷上楼找你。”说话间，天豹已到。秀英起身，疑道，“哥哥深更半夜，来此何事？”天豹答道，“有一姑娘要向妹妹借宿。”秀英一听，觉得哥哥说话，似乎神色有异，于是反问道，“鸟有窠，人有家，为何要向我借宿？”天豹一听，讪笑一声，解释道，“今晚为兄上街观灯，回来路上，见一女子啼哭得伤心，哥哥我不觉动了恻隐之心，忙上前询问原因，原是表兄妹看灯走散，自己认不得归路，加之夜深，于是哭泣。听闻之下，本欲派人送她回去，无奈夜路泥泞，觉得还是留她一宿，明日送归。”

秀英盯着天豹，将信将疑。天豹见秀英并未回绝，忙唤姑娘见过小姐。文宾款款上前施礼，见小姐果然秀丽俊雅，不觉心头暗喜。秀英见这姑娘虽是粗衣淡妆，倒也长得俊秀，不觉心生好感，便对天豹道，“既如此，哥哥就让她留宿在此。”天豹一反常态，竟连声道谢。秀英便叫兰香带姑娘去旁边屋中歇息。天豹见文宾离去，甚是不舍，便手中执卷假装看书，实际却是凝视文宾，恨不得立马吃在嘴里。秀英见状，夺过天豹手中诗卷，言道，“时光不早，哥哥可以去了。”天豹一愣，回过神来，嘻嘻笑道，“噢，妹妹，乡下姑娘，不懂礼貌，你要照顾。”秀英点头，见天豹兀的坐着不动，便抱怨道，“怎么还不去。”天豹又道，“明天一早我会来陪她下楼送她回家，你可千万不要让她自己回去。”秀英提高了声音，“知道了，兰香，送公子下楼。”天豹无奈，只好讪讪而去。

屋内又恢复了宁静，秀英却并无睡意。临窗而坐，眼望明月西移，遥听远处渐渐稀落的爆竹声，知道元宵灯火将尽，又是一春了。睹月思春，秀英顿觉一阵伤感，不觉心头一酸，流下泪来。

文宾到了屋内，也是心潮起伏，满心想的只是秀英，哪里睡得着觉。稍顷，见外面静了下来，便推门出屋，轻声走到秀英房外。

此时秀英正愁怀难遣，不觉自思自叹，"刚才那位姑娘，能够表兄表妹同去观灯，倒也令人羡慕。可叹秀英，生在官宦人家，只能身伴孤灯，独对冷月。"门外文宾听了，不觉叹道，"倒是可怜。"

秀英遥望圆月，敞开心扉，轻诉道，"虽然心里有了意中人……"话说到此，虽对明月，秀英仍觉脸上有些发烧，说不出口，女孩子羞羞答答难以启齿呢。文宾听说已有意中人，不觉有些紧张，但见秀英含羞不肯说出，更是屏住了呼吸。"他才华出众人品高洁，诗赋文章堪称绝伦，"秀英说起他来，话语中透出满心欢喜。门外的文宾却有些急，此人是谁呢？秀英终于鼓起勇气，"周文宾。"文宾一听，真是又惊又喜。秀英说罢，叹一口气，"本以为你人俊才高情也厚，谁知却是一个铁石心肠的人。"文宾听见，心头一沉，可又不知此话从何说起。秀英怨道，"你曾托媒说亲，只怪哥哥从中作梗，家里才不曾答应。"文宾寻思，"过不在我，你刚才怪我又是所为何来？"秀英嗔道，"枉为才子，你难道不曾读过《西厢记》吗？既然有心，就该托人传柬诉说衷肠啊！要知道虽有满腹相思，无奈人在两地，并不知情，也是枉然。光阴似箭，青春易逝，只怪哥哥不为妹妹着想，怕只怕岁月如流，等到人老珠黄，再嫁何人？"话说到此，已是双目泫然。

此时文宾终于明白秀英一片芳心，难得王府门中，有此真情女子！心头一热，就想当即推门而入，一诉衷肠。正欲起身，忽而一想，刚才之事，毕竟是门外偷听得来，急忙上去表白，是否过于冒失。文宾心生一计，不如当面再作试探。于是，便在门外，故意大声叹息一声。

秀英听了，也是一惊，"何人？"文宾应道，"是我。"秀英开门，见是刚才借宿的姑娘，便道，"姑娘还未睡吗？"文宾轻声道，"陌生地方睡不着的，还是让我回去。"秀英答道，"时已深夜，怎能去得？"心想自己此时也是心绪不宁，睡不着觉，不如坐下交谈。见秀英邀请，文宾内心欢喜，但口里仍道，"如此，岂不打扰小姐了。"秀英邀文宾坐下，便开口道，"姑娘家住哪里？"文宾大大咧咧地回道，"不远不近，家住离此大约三里地的清河坊。家里开了一爿豆腐作坊，唤作许隆兴。我叫许大，今年十八，至今尚未婚配。"

秀英一听，不觉好笑，心想小户人家真是缺少礼仪，女孩子家的，说话不怕难为情哩。文宾见秀英露出些许小瞧神色，便有意逗趣，于是学着秀英刚才声口，"光阴似箭，青春易逝，只怪哥哥不为妹妹着想，怕只怕岁月如流，等到人老珠黄，再嫁何人呢？"说罢，同样轻叹一声，同时偷窥小姐神情。秀英一听，心中一动，想那姑娘和我想的一样，可见天下之人，不分贫贱，无有不珍惜青春的。继而一想，周文宾也住在清河坊内，何不向她打听一番。于是问道，"清河坊是个好地方，你可知那里住了多少有名人家？"文宾心道，分明是有意来打听于我，不妨试她一试，再作道理。"东边住着赵状元，西边住着钱将军，南边住着孙天官，北边住着李大人。""赵、钱、孙、李，"秀英问道，"还有呢？"文宾轻笑一声，"前面住个吴道士，后面住个郑算命，左面住个王皮匠，右面住个冯大夫……"秀英一听，急道，"我要问的是有名人家。"文宾狡黠一笑，"有名人家啊，倒是还有一家？""哪一家，快说呀！"秀英有些急不可耐。"对面还有一户好人家，江南才子周文宾，"文宾拉长了声调。秀英平静一下情绪，装作随意而问，"他的为人你可知情？"文宾见秀英故作矜持，于是打趣道，"小姐如此关心，想必与他是非故即亲了？"秀英一下子羞红了脸，好在烛光摇曳，还可掩饰，"非亲非故。""那为何要左打听来右打听呢？"文宾紧逼一句。秀英平静道，"他的诗赋文章堪称绝伦，爱才之故，打听一二。"文宾作恍然大悟状，"原来如此。"秀英探过身子，把椅子拉近了些，"姑娘，他家的事情你可知晓？"文宾打趣道，"上上下下，大大小小，前前后后，里里外外，无一不知，无一不晓。""那周文宾本人呢？"秀英略带羞涩。"想我周文宾啊，"文宾有些得意，见秀英一愣，才知自己险些露出破绽，于是忙改口道，"想那周文宾啊，虽是满腹才华，锦绣文章，婚姻大事却是颇不顺心。爱上尚书府的千金小姐，听说名叫王秀英，谁知那小姐贪图虚荣，嫌他家境清贫，不肯应允。"秀英听到这里，心中暗道，真是冤枉。文宾径自说道，"婚姻不成，郁结在心，终于大病一场。足足病了三个月，瘦得像枝枯树根。"文宾边说边偷窥秀英神情，见其面有戚色，不觉心中一动，于是沉声道，"看来性命是难保存，突然死……"文宾故意打住。一旁的秀英却不由"啊"出声来，"死了，"说着竟流下泪来。文宾看在眼里，忙接道，"突然死里又逢生。""没有死啊！"秀英转悲为喜。见文宾停住，忙问道，"后来呢？"文宾扭捏道，"难为情，不说了。"秀英奇道，"与你何干？"文宾含羞道，"周文宾忽然看中我了。他说富对富来贫对贫，于是几次托媒上门求亲。"秀英急道，"那你父母可曾答应？""爹爹一听满心欢喜，当即应了，"文宾边说边观看秀英神情。"那你呢？"秀英有些急。"我啊，"文宾一脸喜色，"若能嫁得周公子，正是口含蜜糖甜在心里，佳期定下今年的三月初三，到时就吹吹打打抬过门去了。"秀英一听，差点哭出声来，"人人都说黄连苦，我比黄连还苦三分呢。空有沉鱼落雁、闭月羞花容颜，空有万卷诗书才女美名，悔不该生在官宦人家，到如今，官家女还不如这布衣人呢。从今以后，就不穿这锦绣衣裳、百褶罗裙，不插花不戴钗，不读诗书不作文，等到六月初六，就哭哭啼啼到庵堂皈依佛门，以了此生也罢。"思想至此，两行清泪已挂在脸颊。文宾见了，又喜又怜，不过仍打趣道，"小姐听了我的婚事，怎么流起泪来？"秀英不想在这女子面前失了身份，忙掩饰道，"我是为你高兴得流泪呀。"文宾继续编道，"且慢为我高兴，这婚事有变了。""什么，婚事有变？"秀英简直不相信自己的耳朵。"是啊，"文宾作失落状，"我左思右想，觉得这桩婚姻实不相称。"见秀英不解，文宾接道，"我是一个大脚婆，直量一尺横量三寸，将来夫妻怕难到头，还是趁早不成亲的好。"秀英早窥见文宾一双大脚，还曾纳闷世间居然还有这样女子，如此大脚，也不知将来如何嫁人，现在听文宾这么一说，觉得这婚事不成，也是自然。不免心中一宽，口中自然言道，"谢天谢地！"文宾一听，忙追问道，"小姐，我婚事不成，你怎么谢天谢地呢？"这一问，把个秀英窘得满面通红。文宾见状，逼问道，"小姐，你莫非也有爱慕周相公之意？"秀英羞得低下头去，吭声不得。看神情，自是默认了。文宾心内一阵欢喜，但话里仍学着刚才秀英独自嗔怪的口吻，"枉为才女，你难道还未读过《西厢记》吗？既然有心，就该托人传柬诉说衷肠。"秀英红着脸，轻声道，"可是，无人传信呢。"文宾起身，恳切道，"小姐若真心相爱，我愿代为效劳。"秀英一喜，"真的？"文宾挺身道，

"从不说假。"秀英又有些担心,"此事千万不可与人说起!"文宾铿锵道,"守口如瓶,决不外传。"秀英便起身到书案前,稍一凝神,便书诗一首,折叠了付与文宾。原来秀英常在闺房思想文宾,也不知吟了多少诗词,此番书写,自是一挥而就。

文宾接了,匆匆一看,顿觉春风拂面,于是长施一礼,"多谢小姐恩重情深!"秀英惊道,"你是何人?"文宾笑吟吟地应道,"小生就是周文宾。"秀英听姑娘一腔男声,更是大吃一惊,于是高声叫道,"兰香!兰香!"文宾见惊了秀英,忙柔声劝道,"小姐先莫声张,小生有话。"

秀英又羞又气,"你讲!"

文宾见秀英有些急,便语气诚恳,据实相告,"正月十五元宵节,观灯的是人山人海。因与好友打赌,我是男扮女装上街观灯。碰上你哥哥王老虎,在人群中抢掠美人,谁知他竟把我当成了美佳人,强抢入府硬要成亲。我千言万语仍无法脱身,临末,他竟把我送入小姐闺房,准备留宿一夜,明日拜堂。"

秀英听罢,才明白事情原委,想起哥哥行径,不由骂出声来,"哥哥为非作歹,每日外出抢夺民女,这次终于抢个祸事进门!此事要是张扬出去,叫我今后怎么做人!"越想越气,越想越恨,越想越怕,急忙撩起罗裙,准备出门去找母亲告状。

文宾见状,忙将秀英唤住,叫她暂且忍下,去了反而坏了事情。见秀英凝神止步,满脸忧戚,文宾上前柔声言道,"小姐既然爱慕文宾，文宾也是钟爱秀英，今日机缘凑巧，闺楼相逢，正是天赐良缘，何不共订白头之约，也圆你我相思之意。"

秀英听罢，不觉沉吟，思想自己，终日相思，倾慕文宾已久。今日有缘相聚，而且刚才观其风采，虽然女装，时今点破，却是玉树临风，独有风姿。再说他也表白了对己的倾心之意，言辞恳切，令人心动。这样一想，不觉抬头。双目相接，秋水春风，浓情蜜意，盈盈漾漾。

一轮明月渐渐西移，一片银光洒进窗来。此时秀英，看那月光并无凄冷之感，有的是脉脉温情。

五

天豹也是一夜未睡，心里痒痒地惦记着许大姑娘，盼只盼早些天亮，就好拜堂成亲。一大清早，天豹就到客堂来检查昨日交办王彪的事情做了没有。

众家丁忙碌了一夜，此时睡得正死。天豹见张灯结彩尚未完备，不由怒起，一边拳打脚踢，一边大声叱骂。

王彪连忙起来，一边指挥家丁张罗，一边悄声问道，"此事是否得禀过老夫人？"天豹一脸得意，"怕什么，花轿一到，贺客一来，生米煮成熟饭，还怕母亲不依！"回头高声吩咐王彪，"还

不赶快去发送请帖。"见王彪起身欲走，又连忙高声吩咐，"请帖发遍杭州城，漏了一个也不行，不论官府与商贾，不论亲朋和四邻，不论认识不认识，不论他是富和贫，不论和尚与尼姑。"王彪接道，"只要他们送人情。"天豹赞道，"对，"接着又安排道，"全副仪仗齐出动，一路吹打不准停，大红花轿要讲究，十六个轿夫抬进门。"王彪不知趣，凑近道，"十六个轿夫抬棺材，八个轿夫是娶亲。"天豹一听，怒道，"去，还不下去办事。"

王彪刚要出门，恰逢祝枝山登门拜访，便连忙返身告诉天豹。天豹一听，"枝山刁钻尖刻，甚是难弄，今日来访，一定有事求我，不见。"天豹话音未落，枝山已进入门来。天豹无奈，只得迎下。

枝山见客堂张灯结彩，便打趣道，"府上有喜事啊？"天豹故作平静，"是小弟的大喜。"枝山笑道，"原来是王兄吉期，恭喜恭喜，但不知是哪家千金？"天豹一愣，解释道，"昨夜元宵观灯，偶遇佳人，两人是一见钟情。"枝山嗓子一沉，"王兄昨晚观灯见喜，我昨夜观灯却是遭了不幸。"天豹奇道，"什么不幸？"枝山故作悲伤，"我与贤弟周文宾同去观灯，正看到高兴处，忽然人群一阵骚乱，哭的哭，叫的叫。"天豹睁大了眼睛。枝山继续道，"原来是一只老虎闯进城来。"天豹益发奇道，"我怎不知情？"枝山语带嘲讽，"这只老虎又凶又狠，吊睛白额，血盆大口，"说着一指天豹，"身材和王兄差不多。"天豹一个激灵，"怎么将我比作畜生。"

枝山拖长了腔调，"这畜生东张西望要吃人，结果一眼看上了周文宾，大叫一声扑上前去，匆忙之中把他拖进了王府大门。"天豹一听，暗道，"听他话中有话，难道我抢的是个男人？"于是，忙上前问道，"那老虎抢的是什么人？"枝山故作悲伤，"我的贤弟周文宾。"天豹急道，"周文宾是个男子汉啊。"枝山冷笑一声，"老虎男女分不清呢，只怪他乔装女扮太像了。"说罢，告辞欲走。王彪忙挽留枝山坐下，"昨夜周文宾果真男扮女装？"枝山道，"是啊。""那你们是否是在赛月台前冲散的？"枝山漫口应道，"是啊！"

天豹一听，惊出一身冷汗，"糟了，我妹妹。"枝山霍然起身，逼问一句，"你妹妹怎么了？"天豹慌乱之中，脱口而出，"昨夜无处安身，我将他留宿妹妹房中了。"枝山一听，大声嚷嚷道，"王天豹，好哇！周文宾年纪轻，又是忠厚老实人，你将他送到小姐房中，究竟是何居心？"天豹又慌又急，忙说自己该死。枝山不依不饶，益发提高了声调，"我要把此事写成传单，发遍整个杭州城，就说瞎眼老虎乱抢人，抢了才子周文宾，送与妹妹做情人。"说罢径自往外走去，天豹"祝兄"、"祝才子"、"祝大爷"的连声呼唤，可哪里还唤得住。

情急之下，天豹跌跌撞撞，连忙返身上楼，急欲到妹妹房中看个究竟。

一路走去，两条腿筛糠一般，数次磕绊，几欲跌倒。

六

文宾、秀英相对而坐，执手相看，一夜下来，已是情深意切，难分难离。

秀英见时光不早，知天豹就要上楼，有些不知所措。文宾见了，心生一计，便唤过秀英，细声与她说了。此时两人同心，不由相视一笑。

天豹匆匆上楼，见妹妹与昨夜姑娘相对而坐。凝神一看，觉得如此美人，岂会是男的。心头一宽，怕是祝枝山有意作弄。文宾见是天豹，便站起身来。天豹俯身一看，一双大脚！天豹知姑娘果是男人乔装，连忙拉住文宾急欲离开。秀英装作毫不知情，还要留文宾多住几天。天豹急得头上直冒冷汗，使劲想把文宾拉走。文宾见状，一把挣开，向秀英长施一礼，换作本嗓，高声道，"既然如此，小生告辞了。"秀英一听，故作大惊状，"啊！你是何人？"文宾朗声道，"江南才子周文宾。"天豹一听，连呼"该死"，又来拉周文宾。秀英一见，娇叱一声，"且慢！"手指天豹，厉声道，"哥哥你也太不仁义，竟然为非作歹祸害妹妹！你不在书房攻读，肯定又是横行霸道去抢女人，而且男扮女装也看不出，还要将他送到绣楼。绣楼本是黄金地，尊重堪比皇家九龙庭，三尺童子不能入内，八洞神仙也不容进门。今日名声被你毁坏，我纵然跳入西湖也洗不清了。"说着，哭叫兰香快去请老夫人来。

夫人闻讯赶到房中，见秀英已哭成泪人，一旁儿子哭丧着脸，一个俊美的姑娘站在一旁，双眼关切地注视着女儿。夫人吃了一惊，指着文宾问道，"你是何人？"文宾指指天豹，"你去问他。"夫人转头去找天豹，天豹慌忙低头不敢出声。秀英见状，上前道，"他是男扮女装，昨夜哥哥把他留在女儿房中。"夫人一听，差点蹶倒。天豹兄妹连忙上前扶她坐下。良久，夫人才回过神来，指着文宾厉声叱道，"你是何方狂徒，为何装成女的混进府中？"文宾一脸无辜，指着天豹道，"他不问情由将我抢，怎么说我是私闯贵府呢？"秀英一旁哭嚷道，"哥哥贪色起性，竟然连男女都会分不清。"夫人一顿，对文宾怪道，"纵然是我儿一时弄错，你也该当场说明！"文宾辩道，"那时情景，小生纵有千张嘴，一时也说不清了。"秀英帮道，"哥哥是饿虎扑羊，哪里还会听得进话，千错万错是哥哥的错，此事不能怪别人的。"夫人平静道，"到了小姐房中，你不说真情又是何因呢？"文宾诚恳答道，"小生原想说出真相，只是怕坏了小姐的好名声。把男人藏在闺房内，还是哥哥抢进门的。此事如果张扬出去，王府名声怕是要丢干净了。"

秀英一听，在旁哭得直跺脚。文宾接道，"为了顾全王秀英，可怜苦了我周文宾，昨夜一宿未睡，今朝还要问口供呢。"夫人一惊，暗道，"想不到他是周文宾，当年曾托媒上门，今朝冤家路窄，不如立即请他动身。"于是，沉声道，"周公子，你是江南才子，道德文章众人皆敬。这次既是小儿误抢，此事我也不追究了。"说着招呼天豹，"快送公子出府。"文宾一听，忙道，"慢来，自从昨晚被抢进门，家里一定四处寻我。今日回家，母亲一定要问我原因。我若说出真相，恐怕坏了小姐名声，如若不说，落了欺骗母亲的不孝罪名。左右为难，还请夫人指点明白。"王母一听，觉得文宾话中有话，似有以此要挟想娶秀英之意。转而一想，王家高周家低，这门亲事并不相称，岂能答应。于是，换作亲切语气，似为文宾着想，"周公子，你男扮女装，未免有辱斯文，张扬开去，定会断送你的前程，我看不说也罢。"说着高声招呼道，"送客。"

文宾一听，正式道，"此事我可不说穿，只是昨夜有人一同看灯。"王母忙问道，"何人？"文宾答道，"苏州解元祝枝山，抢亲之事他都知情。"

天豹一听，急得叫出声来，"母亲，祝枝山刚才已上门来过，我一时大意露出了真情，他说要大街小巷去贴传单，把丑事传遍杭州城。"秀英一听大哭不止，嚷着无脸见人，要去投江寻死。

王母闻言也是惊愕不止，听着女儿的哀哀哭叫，更是心乱不已。沉吟良久，叹一口气，吩咐天豹快去把祝枝山请来。天豹一脸为难，"要是不肯来呢？"王母气得高声骂道，"你这畜生，就用八抬大轿把他抬来！"

七

王府里早已张灯结彩停当。

只是新郎新娘换作了文宾、秀英。枝山、文宾自然还要打趣一番，顺便奚落一下天豹。

王府经此一变，对天豹开始严加管教。天豹闹了笑话，出了丑，也就收敛了些。

枝山还是经常到杭州来，来了自然由文宾招待。枝山三杯落肚，就会询问文宾，"我说以你的才品，凭我老祝这张嘴，管叫王府不但不要财礼，还把千金小姐倒送上门来，不是海口吧？"文宾怕秀英听见，忙说"吃酒，吃酒"，两人便一阵大笑。

二〇〇九年七月三十一日

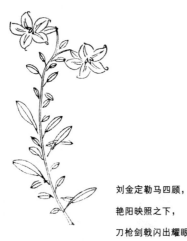

刘金定勒马四顾，

艳阳映照之下，

刀枪剑戟闪出耀眼的银光；

无数旌旗迎风招展，

猎猎作响；

众将个个脸上露出灿烂的笑容，

胜利的欢呼响彻云霄。

朝廷百官已在城外摆下犒军筵宴，

准备迎接凯旋的将士了。

三看御妹

一

　　眼看京城就在前面，刘金定不觉舒了一口气。虽然满脸倦容，一身戎装的女英雄还是透出一股勃勃英气。

　　仗是有些壮烈。海寇猖獗，父帅被围，四面楚歌，眼看不支。好在自己审时度势，胸有韬略，麾下三军，既智且勇，几仗下来，这寇患便悉数扫平了。

　　刘金定勒马四顾，艳阳映照之下，刀枪剑戟闪出耀眼的银光；无数旌旗迎风招展，猎猎作响；众将个个脸上露出灿烂的笑容，胜利的欢呼响彻云霄。金定忽然心头一热，眼睛有些湿润了。

　　朝廷百官已在城外摆下犒军筵宴，准备迎接凯旋的将士了。

　　刘天化更是感慨万千。身为藩王，亲率大军，本以为鼠辈不堪一击，无奈这海寇竟是训练有素、能战惯战的悍匪。一着不慎，竟陷入彼之包围，数次冲突不成，旗下将士更是死伤无数。眼看败局已定，自己不要说一世英名荡然无存，怕是连性命都保不住了。好在此时，女儿挥师赶到，三下五下就将海寇击溃了。阵前见了女儿，自己还如在梦中，竟不相信这是真的。好在救星是自己女儿，要是换了旁人，虽被解围救出，怕也难逃兵败之责。

刘天化望着飒爽英姿的女儿，不禁泪眼模糊，好女儿啊。

一阵喧哗。天化终于回过神来，忙问为何如此熙攘。迎候的官员应道，"众百姓为一睹女将军风采，已恭候多时了。"金定听见，便道，"既然如此，不妨一见。"天化一听，忙阻拦道，"儿啊，我朝女中豪杰，唯你尊贵非凡，岂能让这等凡夫俗子观看！快快上殿见驾去吧。"

金定正欲开口，已被天化与众官员簇拥着往前去了。

封加进攻读之余，也常上街走走。今日出门，但见远处人山人海，车水马龙，旌旗招展，尘土飞扬。急欲上前观看，已是人去声远。

琴书、必贵跟在后面，看看已是追不上了，便互相埋怨起来。加进见了，便喝断道，"既已迟了，埋怨又有何用，还不上去问问。"此时，一干人群从城里出来，边走边嘟嘟囔囔，"看了半天，未见其面；衣服扯破，鞋子不见；人未看见，吃着一鞭；金面难见，难见金面。"封加进不解其意，上前问道，"列位这样热闹，看什么呢？"一人回头，"看女将军呀。"封加进连忙又问，"女将军是谁呀？"见加进一介书生，似不是明知故问，一老汉停下脚步，开口解释。众人虽然刚才都赶去看热闹了，但对女将军却大都不甚了解。见老汉讲说，也都围了上来。老汉清清嗓子，"这位女将军名叫刘金定。前番海寇作乱，朝廷派她父亲刘天化前去清剿，结果反被海寇包围。刘金定闻讯，当即领兵前去救应。结果不仅救了刘天化，还一举把海寇扫平。今日班师回朝，众人得知，都想看看女将军究系何等模样。"诸位听了，齐声问道，"那究竟是怎样一个人物呢？"老汉叹道，"我也没有看见呀。"众人都遗憾地叹息一声。

此时，忽然锣声响起。不远处有人高喊，"快来看皇榜啰。"诸人一听，便哄的一声赶将过去。个中不认得字的，见加进书生模样，便央他读给大家听听。加进挤上前去，朗声念道，"大明嘉靖皇帝为御妹靖国公主刘金定——"加进刚念至此，众人便议论道，"女将军被封为御妹娘娘了——""于出征时在东岳庙求神保佑，曾许下宏愿，今得胜归来，特选本月十五谢神了愿"——众声喧哗，"这回我们可以看到女将军了！""从今天起净街三天，了愿之日停市一朝。凡路经之处，不论军民臣等，一律不准偷看御妹——""还是看不到！"大家一声叹息。"如有故违，年老者挖去双目发配充军——""年轻者沾光哉！"年轻人冲着年老者一阵得意。"年轻者立斩——"年老人反过来笑出声来。临末，无论年长年轻，俱是极度失望。内中有人怏怏地道，"算了算了，不吃饭活不了，不看御妹娘娘又不会死的，还是做生意去。"旁边一人也折身就走，讪讪地道，"御妹娘娘看不到，还是回家看自己的妹妹去。"

封加进独立一旁，却是心潮澎湃，真是少有的奇事啊！巾帼英雄女将军，从古到今能有几人？花木兰代父从军，血战沙场十二春秋。穆桂英大破天门阵，晚年又挂帅出征。梁红玉擂鼓作战大破金兵，万古千秋留下美名。想不到我朝之中，也出了一个刘金定，平寇救父本领高强。可惜的是只闻其名难见其人啊！封加进失望之极。可好奇心却一分分地生长起来，她究竟是怎样一个人呢？为什么偏偏不准人家看呢？

琴书、必贵也在一旁争论不休，"我想这位御妹娘娘一定生得天仙一样，所以不肯让人家看。""我说御妹娘娘一定不会好看，要是长得天仙一样，皇帝也爱面子的，必定要大家去看。我猜这御妹娘娘，不是麻子，就是瞎子，不是歪嘴就是塌鼻子，皇帝为了面子，所以不准大家去看。"必贵见争不出个所以然，就对封加进道，"相公，到了拈香那天，你带我们去看？"琴书连忙阻拦，"你要害相公去杀头啊！"必贵脖子一梗，"杀头？杀我们相公的头？我们相公是户部尚书之子，谁敢碰相公一根汗毛？"琴书不屑，"万岁出的皇榜，官家之子也要杀头的！"必贵用手一指，"你真是一个胆小鬼。"琴书激道，"相公不敢去你敢去？"必贵一听，便高声嚷嚷，"相公，你敢去吗？"琴书也过来问道，"相公你不怕杀头吗？"

　　封加进一顿，还真不知怎样回应，有心想去见见女将军，怎奈王法条条不容情啊！必贵、琴书还在一旁啰唆，加进却渐渐地生出豪情，我若看不到女将军，今生岂非枉做人！

　　主意已定，加进唤过两个书童，"这东岳庙是否就在我读书的文昌阁隔壁？"见书童道是，加进又问道，"两厢可有侧门相通？"必贵不免丧气，"门是没有的。"忽而欣喜道，"相公，东岳庙的后园有一个圆洞！"加进疑道，"可以进去？"必贵连忙道，"我就经常从洞里钻进钻出，到大殿上去玩的。"加进抚掌，"有了！"

二

钟磬声中，刘金定拈香而立。东岳神像高大威严，双目平视，隐隐透出关注苍生的忧切。金定稍一凝神，终于上前，深施一礼，轻声念道，"多蒙神圣威灵，法力无边，保佑我平寇救父，如愿以偿。今日特来敬献香烛，但愿干戈永息，家邦安定。"言罢恭敬上香。

巧莲递上清香，金定接过，稍一沉思，再上前深施一礼，轻声祷道，"二炷清香，祈求上苍，愿母后与兄皇福寿绵长，五谷丰登，万民安乐，四海升平，永保祯祥。"祈罢虔诚上香。

玉梅率众侍女已退至一边，唯巧莲在旁侍候。金定接过清香，移步上前，面对神君，却说不出话来。女孩儿家有心事呢。鼓起勇气，见近旁无人，金定诉道，"三炷清香——"金定满脸绯红，还是说不下去。巧莲一见，便猜知娘娘心事。于是，上前轻声言道，"娘娘，我来替你说吧。"金定不语，把香递与巧莲。巧莲上前，长施礼，祈求道，"三炷清香，非为他意，只为终身大事，恳求神圣施恩，牵上红线，祝愿娘娘早日选上如意郎君。"

金定羞红着脸，低声无语。心说，巧莲果是知心婢。但愿神灵有知，早降恩泽。

忽然，玉梅一声轻呼，"娘娘，桌围在动。"金定一惊，轻叱道，"搜！"巧莲、玉梅及众侍女都是随娘娘出征的女中英杰，娘娘有令，便迅速上前，于香案之下，把个封加进揪了出来。

玉梅上前报告娘娘，是个年轻男子。金定一听，怒道，"绑下斩了。"众侍女发一声喊，便欲拖将下去。加进一听，吓得连声告饶，"娘娘，小民冤枉啊！"巧莲一听，喝住侍女，让封加进朝外跪了。金定厉声喝道，"躲在神龛之下偷看哀家，难道就斩你不得？"加进一听，忙哀告道，"娘娘，小民并非是来偷看娘娘的，还望娘娘大发慈悲，饶我一命。愿娘娘福寿绵绵子孙满堂！"金定一听，叱道，"满口胡言！"加进连忙告饶，"娘娘，小民并非胡言，实在是吓昏了。"

加进此番躲在神台之下偷窥，自是早已谋划好了的。甚至连一旦发现被捉，怎么编词蒙混过关，都有预备。不过，封加进毕竟是尚书之子，也算见过世面，加上父母宠爱，胆子忒大，平日里又是伶牙俐齿惯了。换了旁人，早已筛糠一般，哪里还说得出这番话来。

金定听加进语带颤音，以为真是吓坏了，于是，稍稍放缓语气，"既然不是来偷看哀家，为何要躲在神龛之下？"封加进见娘娘语气缓了许多，便恢复了日常的调皮，开始舌粲莲花，"小民本是乡下人……"一旁的玉梅喝止道，"谁问你是乡下人城里人！"巧莲一见，劝道，"让他讲下去。"加进更加放开了些，"是啊，这位姐姐说得对，我要慢慢地从上面讲下去呀！小民本是乡下人，"玉梅斥道，"家住哪里？"加进故作老实，"家住在哈答门外，哈里糊涂哈答桥旁哈答村。"玉梅疑道，"什么瞎里瞎搭？"巧莲见加进绕口令般，不禁有些想笑，"他说住在哈答门外哈答村。"金定也觉有趣，"姓甚名谁？"封加进益发流利，"小民名叫张小二，至今尚未娶过亲。"玉梅一听，气道，"谁问你身世。"加进便掉转话头，"只因为老娘身染重病。"玉梅插话道，"那就该去请郎中啊。"加进接道，"我也曾请了郎中，服了汤药，可病还是不见轻些。闻听东岳大帝神灵，但凡有求，必有应的，故而赶进城来，祈求神灵保佑娘亲早日痊愈。不意恰遇娘娘凤驾光临，我要出门已是不能，无可奈何，只好躲在神龛之下，暂且藏身。"

玉梅哼道，"三天之前，早已皇榜高挂，难道你会不知，分明一派胡言。"加进一听，忙告诉道，"娘娘，小民家境贫寒，自小不曾读书。"

刘金定也是不甚相信。玉梅接道，"难道你还耳聋不成？分明是个油头光棍，一味巧言搪塞，来呀，绑下去砍了！"加进急忙哀求，"杀了小民不要紧，可怜我上有八十三岁的老娘亲，白发苍苍病倒在床，孤苦伶仃无人侍奉。老娘若是知我身亡，定然是病上加病、雪上加霜，火上加油、枯草除根，有死无生、必定送命！还望娘娘大发慈悲，让我老娘再活几春。"苦苦哀告，几度呜咽。金定一听，不觉心生慈悲，"张小二，姑念你老母病重，无人侍奉，就饶你不死。"巧莲一听，忙道，"张小二，你快快回去吧。"加进起身，心道，命是保住了，但娘娘还未见着呢，于是又折回身来。巧莲一见，不由怒道，"好一个不识时务的张小二，娘娘好生之德，放你回去，为何去而复回？"加进作无奈状，"娘娘有所不知，外面御林军密布，小民出去，实是难保性命啊。"说着，探头欲看金定，无奈侍女簇拥，哪里看得见？金定一听，觉得也有道理，"巧莲，吩咐御林军，让张小二出去，不得阻拦。"巧莲忙高声传令，外面有人沉声应诺。

封加进走出两步，觉得今日虽全身而退，但娘娘终未见着，不免仍虚此行。于是，鼓起勇气，又转回身来，冲刘金定高声唱道，"张小二叩见娘娘。"金定一听，不觉怒道，"哀家饶你不死，你竟敢去而复返！"加进忙解说道，"蒙娘娘不斩，小民未曾叩谢大恩，要是回得家去，老娘问起，定要责骂于我，娘娘不杀你，为什么不谢谢大恩？如此岂非惹老娘气恼一场，于病大大不利，故而小民再要回来，感谢娘娘不斩之恩。"边说边偷觑金定。金定心道，倒是一个知情达理的孝子。

加进见娘娘不曾坚拒，便上前拜道，"张小二叩谢娘娘不斩之恩，愿娘娘百年富贵！"金定挥手，"罢了。"

加进见娘娘离自己尚有数步，便再次拜道，"张小二再谢娘娘不斩之恩，原娘娘岁岁平安！"说着移近了些。金定依然背身不动，只是回道，"去吧。"一旁侍女见娘娘允其叩谢，也就不曾阻拦，再说，皇榜高挂，普天之下，岂会有人胆敢偷看娘娘！

封加进三次跪下，"张小二叩谢娘娘不斩之恩，愿娘娘……"故意略作停顿。金定见其不语，不知何事，侧身回首，"什么？"封加进朗声接道，"愿娘娘称心如意！"边说边起身抬头来看。

四目相接。金定眼见一年轻男子，眉清目秀，仪容俊雅，虽然粗布衣衫，却是玉树临风。加进一见，更是惊为天人。此前虽有多种猜度，今日一见，仍觉诸般臆测，均不及真人之风姿丽质。

巧莲、玉梅，见两人圆睁双目，互相凝视，停住一般，忙把加进喝住，轰了出去。

金定站在神像之前，良久未动，若有所思焉。

三

早朝归来，刘天化是喜不自胜。万岁念我儿未曾婚配，特赐双连宝笔，并降旨道，日后待我选定乘龙快婿，即以双连宝笔作为聘礼。万岁还殷殷叮嘱，不是天成佳偶，切勿轻允。

看那满朝文武，不论元老重臣，左丞右相，六部公卿，本藩之深得君王恩宠哪个及得？思想及此，天化不禁仰天大笑起来。

一旁中军轻声禀道，"外面来了许多大臣，送来无数红帖，还要面见王爷。"

天化不屑道，"说本藩要养息一会，红帖留下，列位大人不见也罢。"见中军下去，天化冷笑一声，"顷刻之间就惊动京城了，饶是媒人如云，庚帖如雪，也是不会理会。我心已定，非选一个文中状元武中魁首不可！"

此时，外面高声宣道，"娘娘回府。"天化一听，忙笑着出去接驾。

天化见女儿回府，便要参见君臣之礼，金定见推辞不得，便侧身见了。随后深施一礼，"见过爹爹。"父女坐定，天化便取出双连宝笔向女儿道喜。金定一见，果是一对宝笔！待天化说明宝笔用途，不由羞红了脸。

天化见女儿神情，便叫女儿好生收藏，以待明年开科选聘。顺便问金定今日烧香情形。玉梅嘴快，"本当早就回来，偏偏庙中神龛之下躲着一人。"天化一听，大惊，"竟有这等不怕死的！"转而问金定，"此人年轻还是年老，男的还是女的。"知道是个年轻男子，天化十分紧张，"我儿可曾看见？此人可曾见你？"

金定倒是十分淡定，"均是见到的。"天化一听，益发大怒，喝令家院，"立马将此人拿来，千刀万剐，万剐千刀！"闻知金定已把人放了，天化煞是不解。金定见状，耐心说道，"此人是一个小小乡民，只为老娘身染重病，请医服药并无疗效，于是特到庙中哀求神圣。儿见其是一孝子故而放了。"

天化急道，"儿啊，这就是你的不是了。"金定不解。天化接道，"岂不闻王法难恕？"金定一惊，"自古道，忠臣孝子，人人得而敬之。纵然国法难容，误犯律条，也该宽恕三分。"天化见女儿不以为然，又气又急，"万岁御笔亲批，皇榜高挂，自是无人不晓。此人触犯王法，犹如欺天，岂用管他孝道不孝道。"金定觉得父亲未免小题大做。天化继续高声道，"儿是皇上封的御妹，自是尊贵非凡，容貌岂能轻易让人见着。此事如若传扬开去，既有损皇家威严，女儿脸上也少光彩，为父还会被人笑话。"金定一听，不屑道，"原来父亲为的是这些。"

天化见女儿不听，不觉抬高了声音，"这不是为我，为父是为了你啊。"说着，加重了语气，"人生于世全靠声名，今后切莫自作主张。常言道，自尊自贵受人敬重，自轻自贱被人看轻。不是为父唠叨，女儿你也太过任性了。"金定见父亲越说越远，越说越横，内心不悦，实在听不下去，于是起身唤道，"巧莲、玉梅，与我回房去吧。"

天化见女儿生气，赶紧打住，忙送女儿回房歇息。见女儿走出几步，天化又轻声唤住走在后面的玉梅。

玉梅见王爷叫她，便停住脚步。天化唤过玉梅，问刚才庙中男子情形。玉梅如实禀道，"此人名唤张小二，家住什么哈答门外哈里糊涂哈答村。"说罢，连忙追赶娘娘去了。

天化叫过家院，命其带四十校尉，前去哈答门外哈里糊涂哈答村捉拿小民张小二。

家院接令，只好带人去抓。只是还未出府，已被这哈里哈答弄得糊里糊涂了。

四

红日西沉，晚霞似血。刘金定临窗而立，眼看黄昏将至，不觉心头一沉。

思想今日庙中还愿，好心放走张小二，归来反受气一场，真是无趣。

巧莲蹑步上前，轻声道，"娘娘，春寒袭人，当心受凉。"见金定兀自不动，巧莲柔声劝道，"今日拈香辛苦，还是早些歇息吧。"金定漫应一声，透出不悦。巧莲、玉梅只得退下。

见娘娘还在生气，巧莲便埋怨玉梅，"你啊说话总不留神，肚里知道一些，非要讲了出来才感痛快。这个脾气，以后可得改改了。"玉梅点头，"本想此事讲讲何妨，谁知王爷竟会这样地大惊小怪，还把娘娘埋怨一顿。"

金定听见两人在背后嘀咕，便回转身来，"你们在说些什么？"

玉梅忙上前施礼，"娘娘，刚才都是我多讲了。"金定平静道，"哪个怪你，快起来吧。"玉梅见娘娘不曾怪她，便冲巧莲道，"巧莲姐，我知道娘娘不会怪我的。"转头又对金定道，"娘娘，要怪也要怪那害人的张小二不好。"金定一愣，"怎么能怪他？"玉梅快言道，"要不是他，怎会弄出事来。娘娘，你还不知道，王爷已经派了四十校尉，前去捉拿张小二了。"

金定一惊，"真的？"玉梅听娘娘一问，知道自己又多嘴了，此时只好应道，"是的。"金定不禁有些担心，脱口而出，"这便如何是好？"巧莲一听，轻声问道，"娘娘，什么如何是好？"金定回过神来，柳眉微蹙，"没有什么。"

两人下去，屋中霎时静了下来。金定竟有些坐立不安。听说爹爹命人前去捉他，不由心乱如麻。得饶人处且饶人，何必定要苦苦将他上王法呢。转而一想，自己与他素昧平生，何必替他着急。

可是，依然放心不下。金定寻思，自己乃三军主帅，身经百战，杀敌无数，什么恶仗大仗没有见过？今日不知怎的，竟为一个张小二坐立不安？正欲平静，可眼前又浮现张小二又惊又怕的神情。他说是本城的乡下人，是为娘求神才到庙中烧香。可听他口音，并无本地乡音，分明是个异乡客。再看他粉面红润，并无黑气，哪里会家有老母久卧病榻？浑身不沾半点灰尘，举止文雅，落落大方，哪里会是庄稼汉？分明是哪家书生，扮作乡民模样躲在庙里。爹爹呀爹爹，你纵然命人前去捉拿，必定是空手去空手回的。

　　想到这里，金定差点笑出声来。可是，他为何冒死进庙堂呢？莫不是为与同窗打赌而来？莫不是故意与我开玩笑而来？莫不是见了皇榜心有不甘而来？莫不是慕我之名好奇而来？我见他三番两次去而复回，欲行不行，将走不走，似痴似呆，目不转睛地盯着我，必定是别有用意才冒死而来。似这般大胆男儿怕是世上少有，似这般多情男儿实在惹人怜爱。金定轻叹一声，君子若有好逑之意，倒也愿与他谈诗论剑，永相伴随。思想至此，金定觉得自己脸上有些发烧，一股柔情从心头慢慢涌了上来。可是，人在何处呢？未免海底捞针，空添相思啊。金定不觉怨道，"你虽有这片痴心，怎奈水漫蓝桥路途难通呢。我虽有这一片痴情，怎奈侯门似海深重重啊。"金定顿感怅惘至极！"你那里踏遍桃源难觅花，我这里空把落花付东风哩。东岳庙已成相思地，也不知你我何日才能再次相逢？"想到这些，金定脸上已流下两行清泪，"我欲不思念，奈何情丝牵扯人呢！"渐渐地，倦意上来，竟然依桌而睡。

恍惚中，金定耳边似又传来张小二的声音，"张小二叩谢娘娘不斩之恩。"金定一惊，不觉叫出声来，"张小二，张小二！"

候在门外的巧莲、玉梅听见，连忙赶将进来。两人见金定神情，吃惊不小。玉梅心急，以为娘娘神魂颠倒，定是病了，竟返身出门禀告王爷去了。巧莲扶起金定，暗思娘娘这是怎么回事，为何呼唤张小二呢？

少顷，玉梅带着天化，快步走进房来。天化一见女儿，急切问道，"女儿病了？"金定奇道，"女儿没有病啊。"天化急道，"我看你神思恍惚，容颜憔悴，怎说无病？"

玉梅在门口叫道，"王爷，官医生来了。"天化回道，"请他进来。"

金定忙道，"女儿实在无病。"天化轻抚女儿，柔声劝道，"儿啊，有病怎能不看？看一看，看一看啊。"金定无语，又好气又好笑，顾自进内。

官医语气十分谦恭，"娘娘千岁有病，待小医与娘娘千岁按脉。"说着取出红绿二线，请巧莲、玉梅帮助系在娘娘凤手的脉息上，并叮咛道，"左红右绿。"巧莲、玉梅依嘱入内。天化唤过官医，吩咐道，"娘娘千岁的病源，你可要推敲得准，千万不可乱下定论。"官医小心回道，"不消王爷吩咐，小医幼承庭训，事前三思而行，事后三思而定，吾师金玉良言，至今铭记在心。非是小医在王爷面前夸口，不论大病小病，轻病重病，或是疑难杂症，或是不治之症……"天化本就心焦，见这小老儿喋喋不休，已是不耐，一听"不治之症"，不由怒从心起，厉声喝道，"兀的啰唆！"官医一怔，便禁了声。此时玉梅出来，请先生按脉。小老儿连忙凝神搭脉，这病似邪非邪，似惊非惊……金定斜依榻上，执卷而观，见众人忙碌，不免好笑。听外厢官医正在诊断，趁巧莲不备，竟把双线系于椅上。外面切脉的官医却是一声惊叫，"不好！娘娘千岁脉息全无！请王爷另请高明。"急忙背起医箱，连滚带爬逃出房去。

天化一听，更是大惊，急声叫着女儿，冲入房内。见金定面带笑容，静卧榻上，心才稍宽，"方才先生言道，我儿似邪非邪、似惊非惊。如今看你，一会儿生气，一会儿发笑，莫非真的得了什么怪病？啊呀，肯定是被那躲在神龛下面的张小二吓了一吓，吓坏了啊！对，待我进宫，奏明圣上。"

五

这几日，文昌阁内是书声寂寂。如果凝神去听，传出的是声声幽幽叹息，间或夹杂着一个青年男子的自言自语。

封加进坐卧不安，已有时日。确切地说，自从那日东岳庙内见过娘娘，加进便着魔一般，哪里还看得进书？

功课是不做了，丹青倒拿了起来。夙兴夜寐，想的是娘娘，念的是娘娘，梦中也罢，清醒也好，脑海里晃来晃去的都是娘娘。

娘娘生气了，娘娘说话了，娘娘背身而立，娘娘侧身而站，娘娘回过身来，啊，终于看见娘娘面容！花容月貌，天生丽质！加进心跳加快，血往上涌，头晕目眩，大口喘息，又一次几乎把持不住。

人立案前，加进倾心作画。丹青难写是精神。边思边想，且记且忆，加进倾注了十二分的心力。稍一停笔，加进就又心潮澎湃。东岳庙内初见卿，至今仍是情牵意惹。加进我纵有生花妙笔，怕也难写超尘脱俗的绝代风华。黛眉有意却有三分怒，樱唇无语却含十分情，粉面含嗔却露微微笑，秋波含威却蕴深深意，侠骨柔肠却系美人体，万种风流却是英雄气。几番回嗔转喜，一片玲珑冰心，数声呖呖莺语。人都道加进才华绝伦，提笔到纸，纵有颜色千种，巨笔如椽，也难写娘娘风姿之万一啊。画了又画，写了又写，描了又描，勾了又勾，聚精会神，全神贯注，加进觉得自己已把生命都融了进去。

图画罢，挂至壁上，一个粉面含威、笑语嫣嫣的娘娘就在眼前。加进顿觉满室生辉，春意盎然。

人立画前，娘娘双目注视，更觉秋波流转，若有所语。加进叹息道，"娘娘，小姐呀，你可知我相思之苦呀！自那日见卿，真是一日三秋啊！我也曾禀明爹娘前去求亲，可恨你父真是世上少有的势利，说什么白衣郎难配你金玉体，说什么黑乌鸦怎作你凤凰侣！娘娘呀，看你也是有情人，只落得门户不当难成偶呢。"说到这里，两行清泪淌过面颊。加进哽咽道，"娘娘呀，我每日里在心中把你的名儿唤上几百遍，可话到嘴边，又怎敢吐露出声呢。我这里万顷相思，你在宫楼可曾知情？"加进轻叹道，"这相思呀，一半儿是甜，一半儿是苦，一半儿是恨，一半儿是愁呢。甜的是心坎儿温馨，苦的是滋味儿难受，恨的是咫尺儿难近，愁的是从此儿罢休。我欲抛开却难罢手，形影儿时刻缠在我的心头呢。"思想及此，加进深感前途无望，不觉发起恨来，"娘娘啊，你害我满腹相思却难排遣，眼看着这小命是要丢在这里了。"说着又是一串泪珠滚了下来，胸前衣衫已湿了一大块。

人还未进屋，琴书、必贵喧闹声已传了过来。"相公，不好了。"加进拭掉眼泪，静声问道，"何事？""御妹娘娘要死了？""什么？"加进颤声道。必贵道，"御妹娘娘病得很厉害。"加进急道，"你们怎知？"琴书回道，"外面挂了皇榜，上面写着呢。"加进一把拉住琴书，"上面说些什么？"琴书见相公脸色苍白，也吃了一惊，"大家看榜时在讲，御妹娘娘出门烧香，当晚得病卧倒绣房。"必贵插上来说，"官医看病不能诊断，还说御妹娘娘病得异样，非邪非惊，难用药方。"琴书抢道，"急得王爷全无主张，立刻进宫，奏明君王，奉旨挂榜，招医看病。"必贵欢呼道，"相公，榜上还说，看好病症，封官伴主；不愿为官，黄金千两。"琴书连忙加入进来，两人齐声道，"年龄相当，招为东床。"封加进惊道，"真的？"琴书肯定道，"挂的皇榜岂是假的。"

加进十分沮丧，"封加进啊封加进，要是你幼年习医精通医道，那该多好啊！"琴书见加进沉吟，悄声对必贵道，"这样一来相公可安心读书了。"必贵点头应道，"我看御妹娘娘还是死了的好。"加进一听，陡然道，"呔，怎么好让她死！""可是，御妹娘娘的病确也生得好怪啊！"忽而一想，或许，加进眉头一展，寻思道，"我这里快刀难断相思恨，她那里会不会是灵丹难医心头病呢？东岳庙一见心心相印，如今是同病相怜更见深情？有了，常言道心病自要心药医，解铃还需我这系铃人呢。"

思想及此，加进突然高声叫道，"必贵快随我同去揭榜！"回头又大声吩咐琴书，"你与我买一套衣帽回来。"

必贵见有热闹好瞧，开心地跟在后面，临出门时，回头朝琴书一吐舌头，学着加进神态，"快与我买一套衣帽回来。"

六

天化独坐客堂，双眉紧锁，目光直愣愣的，似在看着前方，但又不知在看什么。家院从眼前走过，他也不曾看见。冷不丁长出一口粗气，声音之响，惊得门外听差的众人魂飞魄散，以为王爷又要拿谁大刑伺候。

天化忧虑娘娘的病呢。娘娘可是家里的命根子啊，荣华富贵、显赫家世，都有赖娘娘挣来。女儿要有个三长两短，真是塌了栋梁了。天化思想及此，对那惊扰娘娘的张小二更是气得咬牙切齿，恨不得食其肉寝其皮而后快。

天化正在发狠，家院悄悄进来，轻轻地在旁禀道，"王爷，揭榜人来了。"天化一听，忙道，"快快有请。"

封加进一身郎中打扮，琴书扮作学徒跟着。进得王府，加进觉得比起自家的尚书府第，果真气派得多，好在毕竟是阀阅子弟，倒也镇静。只是琴书怕得要命，只是看相公神色自若，也渐渐地自然起来。

天化见这先生长相儒雅，似是读书人一般，以为医家深谙岐黄之术，想来女儿之病是有望治好的了，于是，语气稍稍轻松了些，"请问先生尊姓大名。"加进早有准备，"晚生姓许，草字进加。"天化道，"许先生是哪位名医之下啊？"加进带些自傲，"小医乃是家传，我已是第九代了。"天化一喜，"第九代

了！听先生口音，倒不像本地人氏。"加进侃侃而谈，"小医乃
是他乡行医而来。晚生本是医家之后，世代行医，济的是苍生黎
民。自幼通览药书医经，熟知汤头歌诀，内外儿妇科无一不精，
针灸推拿样样皆会。望闻问切独有会心，君臣佐使自出机杼，悬
壶行医已有数年，多少疑难杂症都是药到病除。也不是晚生夸
口，晓得的人都说可与华佗比比高低的。昨日抵京，闻知娘娘病
得不轻，故而大胆揭榜，愿为王爷效劳。"

天化见加进牙清齿白，口若悬河，不由大喜，忙叫家院备
酒。加进此来，为的是娘娘，哪有心思喝酒？再说，盘桓久了，
难免露出马脚，于是连忙劝道，"王爷且慢，酒冷可热，病不
能误！还是看病要紧。"天化一惊，想这郎中果然是古道热
肠、医德高尚，于是忙叫家院带琴书下去用餐，自己陪着封加
进急忙上楼。

七

率先见到封加进的是巧莲。王爷要带医生上楼，先让巧莲禀
报娘娘。巧莲见到这位揭榜的许先生，不由心头起疑，面貌咋就
像那张小二呢。听其说话，更与小二一般声口。可是医生怎会变
成乡民，乡民又怎会变成医生？

　　虽然疑虑重重，巧莲仍不禁笑出声来，因为她忽然想到，娘娘自从拈香回来，也真不知是有病无病。若是有病，饮食起居殆如常人；若是无病，可又情态恍惚、心神不宁，梦中时常叫唤那张小二。思想及此，巧莲一怔，莫不是庙中相见之后，娘娘是心有所思，只是不曾出声而已。有了，等会两人相见，不妨一旁细瞧，定能看出个中端倪。

　　刘天化、封加进跟在后面，已到宫楼之下。一路之上，加进是又喜又急，喜的是终于能与娘娘见面，急的是王爷陪在一旁，又岂能暗通款曲？眼见就要抬腿上楼，加进灵机一动，心说有了。王爷见加进俯身脱靴，奇道，"先生脱靴作甚？"加进语气恳切，"王爷有所不知，娘娘千岁有病，凤体定然虚弱，穿靴登楼脚步沉重，定要震动楼板，惊动娘娘凤体，凤体惊动，脉跳就要失常，如此一来，诊断娘娘之病也就难了。"

　　天化一听，不由连连赞叹，"先生真是细心！只是先生赤足而行，本藩于心不安啊！"加进满不在乎，"为了娘娘千岁，些许小事，何足道哉。只是连累王爷也要脱靴而行，实在大大冒犯了。"

天化一怔，忙道，"平常穿靴惯了，老夫赤足，是一步也走不了的。"加进一听，忙作为难状，似不知如何是好。天化果然中计，"还是请先生独自上楼，老夫在前厅设宴等候罢。"加进十分惶恐，口里连道，"这如何使得。"

天化心道，楼上有巧莲、玉梅在，加上牵线搭脉，又见不了娘娘玉面，谅也无妨，于是，挥一挥手，顾自走了。

巧莲进入房内，禀道，"自从挂了招医榜，一连数日无人揭榜，今有一许先生应榜来了。"

金定平静道，"我没有病。"巧莲回道，"刚才王爷命我禀报于你，他即刻陪许先生上楼。"话音未落，外厢已有人报告了。

巧莲出去一看，见只许先生一人，不觉一愣。加进忙解释道，"王爷脱了官靴不会走路，故而命我一人前来。"巧莲低头，见许先生果真光足，不觉奇道，"这是为何？"加进忙又解释一通，巧莲倒也赞许，觉得这许先生果真与众不同，于是请先生出线。加进奇道，"用线作甚？"巧莲怪道，"你做医生的，连这一点都不懂？"加进确实不知。巧莲便道，"给娘娘看病，都是递上红绿二线，系于娘娘脉息，然后凭线按脉。"

加进吃了一惊，"难道官家医生都是如此？"巧莲应道，"都是如此。"加进不屑道，"怪不得难诊娘娘之病了。"巧莲不解。加进略显气愤，"看你也是聪明之人，难道这个道理还会不懂。牵线搭脉，脉象怎能切准？此皆庸医无能，害了病家。"

见巧莲仍不甚明白，加进解说道，"按脉诊病，乃需从脉跳之强、弱、快、慢下断病情，按得准确，才能对症下药。这牵线搭脉，其弊百出，如风吹晃动，楼板震动，无意触动，均会扰乱，如此一来，岂能诊断其病？我们许家从来不用这误人之技。"见巧莲有些相信，加进语气更加肯定，"九代相传俱是凭手按脉，断病如神，保能药到病除。"巧莲信道，"许先生果是高明医生。"加进挺了挺胸，"没有一定本领，还敢前来揭榜？巧莲姐，还是请娘娘凭手按脉的好。"巧莲有些为难，"只恐娘娘不肯。"加进脱口而出，"你只要表明我的来意……"巧莲叱道，"看病还有什么来意？"加进连忙辩解，"来意真诚啊。"巧莲这才道，"先生外面稍待，让我去试试看。"

巧莲进内，告诉娘娘，这许先生需凭手按脉。刘金定十分不悦，"你不知道这里是宫楼么？"巧莲应道，"娘娘当念许先生来意真诚。"金定不解，"看病还有什么真诚不真诚？"巧莲连忙进言，"娘娘，这许先生比旁人更通医学，精细谨慎也大不相同。穿靴登楼，脚步沉重，唯恐楼板震动，惊动娘娘，他竟脱靴赤足，轻轻走进万花宫中。"见娘娘已有些心动，巧莲趁热打铁，"娘娘巾帼英雄，亲率千军万马乃是常事，军营男子尚且不忌，何况医生进房呢。"金定觉得巧莲说得不无道理，顺口道，"那就看一看罢。"

见娘娘帐内伸出手来，加进连忙禀告，"娘娘在上，小医许进加拜见，愿娘娘凤体早日痊愈！"金定并不出声。巧莲急道，"许先生快与娘娘按脉罢。"

加进无奈，只得按了。加进虽作悉心状，其实他自己心中明白，无非装个样子，旨在与娘娘见上一面。于是，边按边问，"娘娘的凤恙有四五天了吧？"巧莲应道，"是的。"加进要的是娘娘回应，于是继续问道，"娘娘时常头晕目眩的吧？"巧莲称是。加进继续发问，"喉中干燥不干燥？是不是时冷时热，但又冷热不透？"巧莲见加进喋喋不休，打断道，"许先生，娘娘生的是什么病？"加进乘机道，"让小医再按一脉。"巧莲把娘娘玉手扶进帐内，另换一手让加进按切。巧莲见许先生光顾搭脉，不曾出声，有些心急，"许先生，娘娘到底是什么病啊？"封加进知道不能再切，只好起身退到外边，"据小医看来娘娘是外受风寒，寒气袭胸。"巧莲有些焦虑，"病会这样重吗？"加进正色道，"若要诊断旁的病情，还需看娘娘面上气色如何？"巧莲十分为难，但还是进去禀报。金定一听，怒道，"分明是一派胡言，戏弄哀家，不要看了，让他快快滚下楼去。"巧莲无奈，让加进快快下楼。加进还想解释，巧莲劝道，"走吧，不要惹得娘娘生气，否则，性命难保。"

加进无可奈何，怅然若失，垂头丧气，只好下楼。此时，正好玉梅上来，与加进撞个满怀。玉梅抬头，见一男子，不觉一惊，忙问加进，"你是何人？"加进连忙回答，"我是来替娘娘看病的许先生。"玉梅留神一看，此人十分面熟。见加进匆匆下楼，玉梅高声言道，"巧莲姐，刚才这位医生好像是在东岳庙中见到的那个张小二呢！"巧莲应道，"是啊，我也一直疑心。"玉梅有些兴奋，莫非这许先生就是张小二。巧莲放低声音，"现在娘娘睡了，我同你一起去看看清楚。"两人说着便快步走出房去。

帐内金定并未睡着，听见两个侍女对话，不由一个激灵，急忙下床。心中却是有些着慌，庙中所见的张小二，是个乡下的田舍郎，怎么会是许先生呢？个中情由，费人猜详。莫不是两人长相雷同，生得一般模样？莫不是张小二与许先生，前后都隐藏了真相，先乔装乡民进庙，再改扮医生上楼？金定越想越急，管他是真是假，定要亲眼一见，才能放下心来。思想及此，高声呼唤巧莲、玉梅，只怪这两个丫头不知到哪里去了。

巧莲、玉梅并未走远，闻声马上就进入房内，边走还边嘀咕，"真像……"

金定见两人进来，平定一下情绪，"巧莲，他……"话到嘴边，还是有些害羞。巧莲应道，"他，他什么？"丫头多少有些淘气。金定平静了些，"许先生呢？"巧莲忙道，"他走了。"金定失望之情溢于言表，"走了？"巧莲见状，忙道，"刚刚出去，是否走远还不知道。"金定一听，急道，"你快去……"巧莲似乎不解，"请王爷把他赶出府去？"金定连忙否定，"不……"巧莲有些俏皮，"不什么呀。"金定到底不便直说，"你与我去。"巧

莲装作恍然大悟，"对，还是请许先生回来看看的好。"刘金定真有些急了，"还不快去？"

巧莲领着加进重返宫楼，一路上加进是又喜又愁。巧莲不解，加进解释道，"喜的是有你从中照应我，愁的是娘娘会不会又赶我下宫楼。"巧莲劝道，"你只要看好娘娘的病，天大的事情也就不用担忧。"说着已至房外，巧莲让加进门外稍候，自己进去报与娘娘知道。

加进候在门外，真是站立不安，觉得此番前来，犹如滚水洗脸，难以下手，毕竟娘娘病情究竟如何实在不曾摸透。加进深吸一口气，心中默默祷告，"成败在此一遭，但愿天遂人愿，喜结鸳俦。"

里边巧莲已与玉梅作了安排，娘娘也总算同意，让医生观其气色了。

加进入内，娘娘已坐在榻上，撩起罗帐，加进抬头，暗叫不好。原来，娘娘虽让其观看气色，却是用绸帕蒙了双眼。原想与娘娘再次相逢，如此一来，娘娘根本看他不见，虽近在咫尺，又有何用?

　　见加进愣着不曾开口，玉梅急了，"许先生快与娘娘看病啊!"加进醒悟过来，"娘娘面色微红，此乃肺热升火;鼻心微露青影，必定心受虚惊。"这几句乃是加进进宫前临时抱佛脚从医书上看来的。

　　巧莲此时已看出许先生的行状，于是，借机言道，"是啊，我家娘娘一定是在东岳庙中，被那个害人的张小二吓了一吓，受了惊了。"玉梅搭腔道，"娘娘在百万军中尚且不怕，岂会怕那个短命的张小二。"巧莲又作愤慨状，"许先生，这就叫无鬼不生病啊!"加进多少有些尴尬，当着和尚骂贼秃呢。玉梅不曾留意加进神色，仍询问道，"许先生，娘娘到底生的什么病?"加进轻叹一声，"如今虽知娘娘病因，还是不能妄下论断。"巧莲接道，"为何?"加进一本正经道，"需要看过神色才能下断。"

　　一直默不作声的刘金定，忽然开口，"看气色为断病情，看神色作甚?"封加进忙道，"娘娘神色更重于气色。"金定又问，"何以见得?"加进清清嗓子，"天之精神，藏于日月;地之精神，藏于五谷;人之精神，藏于双目。常言道，目中有神，神亏神足，观后可知其症。不但能断其病因，还能除其病根。如不看双目就难知其情了。"

　　听他这么一说，金定道，"许先生你来看吧。"说着就叫去掉绸帕。加进忙躬身施礼，"多谢娘娘。"

双目对视，电光火石，两人都是过电一般。玉梅一见，这哪里是在看病？轻叱一声，就把加进赶了出去。

此时金定却突然呻吟一声，见巧莲进来，忙吩咐道，"快去禀告王爷，说我明天还要看病。"巧莲应了，出门去禀报王爷。玉梅在外，见巧莲出来，忙问娘娘怎么样了。巧莲答道，"娘娘说明天还要请许先生看病。"玉梅气道，"看病哪有这样看的，这倒是第一回看到。"巧莲笑道，"第二回啦。"玉梅疑道，"第二回？"巧莲放低声音，"东岳庙中……"玉梅一听，终于明白。两人发出会意的笑声。

八

又是一天。金定独在宫楼，心内暗道，昨日见到许先生，猛然之间，令人惊异万分。眼前所见，分明是那张小二，两人声音容貌自是一般无二。今日待他上楼，定要探明真情。思想及此，金定取过瓶中一枝碧桃，双手执持，心中默默祷告上苍，若能与他如我心愿，枝上花朵成双。说罢，就轻轻点起数来，心里却是一阵紧张，"啊！"金定轻叫一声，"三十二朵！"霎时，一朵红晕在俏脸上漾了开来——面若桃花！不，相映之下，桃花失色呢。

正好巧莲进来，听娘娘口说有缘，便问究竟。金定一脸喜气，"我说花朵落单，服药无效；花朵成双，与药有缘。"巧莲一听，已猜出娘娘心思，不由嗔道，"娘娘何必瞒我啊。"金定见巧莲已经看出，羞道，"你是我的心腹之人，有事从来不曾瞒你。只为此事非同小可，因此我闷在心中从未提起。如今你既已全都明白，我有一事要问问你，昨天见到的许先生，是不是就是庙中见到过的？"巧莲参谋道，"我看这位许先生，绝非是个真名医，定是庙中见到过的，此番是痴心妄想来到此地。今天他上得楼来，你可以问问究竟。"金定领会，"只要探明他的底细，我就可以定主意了。"巧莲笑着道喜，"但愿神圣保佑娘娘称心如意。"把个娘娘羞得嗔了一声，急忙走入内室。

加进今日上楼，也是心潮澎湃，起伏难平，昨日看病，娘娘虽已显露情怀，但真心实意仍难猜度。今日三次上楼，但愿能解开疑团。

说着已至房外，见巧莲在外迎候，加进连忙问道，"巧莲姐，娘娘今日病情如何？"巧莲作生气状，"反而加重了。"加进一听，不觉一惊。转而一想，觉得巧莲似乎故意有此一说。于是，灵机一动，假装准备下楼返回。巧莲一见，忙唤道，"你往哪去？"加进作无奈状，"我无法治得娘娘之病。"巧莲斥道，"你不是已经知道娘娘的病源了？怎么又会无法治得娘娘之病呢？"加进一愣，一时无语。巧莲故意加重语气，"老实对你讲，要是看不好我家娘娘的病，今天休想下楼，进去！"

金定见加进进来，不由站了起来。两人双目对视，乘机互相打量。加进见娘娘面上并无病容，看来，与昨日相比，今日心情大是不同。金定见加进神情，越发觉得就是东岳庙中的张小二，两个声音面貌是一模一样。

还是金定先回过神来，"许先生请坐。"加进也省悟过来，忙施礼道，"娘娘在此，哪有小医的座位。"巧莲正好进来，见状言道，"先生为我娘娘看病而来，焉有不坐之礼？坐吧。"加进谢过娘娘，"不知娘娘服药之后，可觉得好些？"巧莲一旁打趣道，"先生乃是神医，我家娘娘已不药而愈了。"加进奇道，"不药而愈？哪，娘娘千岁，今日命小医上楼，不知有何吩咐？"

巧莲见状，向金定使个眼神，鼓励娘娘问话。金定定一定神，平静道，"许先生，我有一事相问。"加进整整身子，"娘娘请讲？"金定问道，"许先生尊姓？"加进笑道，"娘娘，许先生当然是姓许呀。""祖居何处？"金定仍不动声色。"哈答门外，"加进还是张小二的口吻。"什么地方？"金定追问一句。"哈里糊涂，"加进还是老腔老调。一旁巧莲嘲弄道，"哈答村。"加进顺势应道，"对，哈答村，哈答村啊。"金定并不生气，"你祖上作何生理？"封加进说话已无紧张神色，"祖上八代习医，我已是第九代了。"金定态度和蔼，"家里共有几人？"加进话语轻松，"家里共有六人？"金定继续问道，"哪六人呢？"加进有些自得，"爹爹、母亲、兄长、嫂嫂，还有小医我。"巧莲追问道，"你说了五个，还少一人呢。"加进有些卖关子，"还有一个……"金定心里一阵紧张，"谁呀？"封加进看在眼里，明白了娘娘的关切之情，"是妹妹呀。"金定、巧莲对视一眼，两人均松了一口气。加进似乎探知了金定的心思，平时胆大善言的习气露了出来，竟然反问道，"娘娘千岁，你问得小医这样仔细却是作甚？"

经他这么一问，金定窘得站了起来，心道，"这个冤家真会说话，我反被他问得难以回答。听他说话像真又像假，叫我怎样相信他呢？"思想及此，金定一声娇叱，"大胆张小二，乔扮乡民乔扮医生，三番两次前来戏弄哀家，该当何罪？"

封加进一惊，但仍不曾改口，"娘娘，小医真的是许先生啊。"金定知道，这个冤家，不唬他一唬，岂肯吐真言，于是，厉声道，"大胆！你不肯讲真话，惹得哀家发怒，我定要叫你命丧剑下。"说着拔出悬挂的宝剑，冲加进刺去。加进乃一介书生，何曾见过这等阵势，不由惊恐万分。巧莲见状，连忙挡住，"娘娘息怒，待我再去问他。"加进一听，连忙磕头道谢。巧莲上前问道，"那么你究是油头光棍，还是乡民、医生？"加进颤声道，"巧莲姐，我不是油头小光棍，也不是乡下种田人，老老实实对你讲，实实在在我本姓封……"说到这里，加进忽然一惊，此时还不知娘娘究竟，若是吐露真言，会不会招祸进门呢？于是连忙改口道，"我是风吹不到，雨淋不败，自幼习医，一点不假的许进加。"巧莲一听，回娘娘道，"他还说是许进加，许先生。"金定似已气极，挥剑道，"他不肯讲，你与他多讲作甚，看剑！"加进一听，吓得连忙讨救兵，"巧莲姐！"巧莲装作帮他，"许先生，快说啊！"金定见加进还在迟疑，益发加重语气，"看剑！"巧莲见加进已吓得够呛，连忙拦住金定。金定见加进跪在地上哆嗦，心早已软了下来，顺势把剑递与巧莲。巧莲作势道，"娘娘，要是他再不肯讲，我即把他交与王爷，将他五花大绑，押在囚车之中，敲锣打鼓，游街三日，再斩首示众。"封加进闻听此言，却生出一股男儿豪气，"巧莲姐，我说这就是你和娘娘的不是了。"金定一怔，"怎么倒是哀家的不是了？"加进振一振身子，"娘娘啊，晚生揭榜前来看病，为治愈凤恙可谓煞费苦心。只道今日是赴庆功宴，哪知娘娘摆的却是天门阵，似这般将恩作仇，岂不使天下医家寒心！"加进言罢，金定放缓些语气，怨道，"谁叫你不讲真话呀。"巧莲也道，"是啊，一会儿张小二，一会儿许先生，叫我家娘娘怎么相信你。"

加进一听，知道娘娘乃是真心，于是恳切道，"好，我就向娘娘直说了吧，我不姓许……"巧莲插道，"那么你姓张？"加进据实禀道，"我也不姓张，既不是九代名医，也不是田舍儿郎，实实在在我姓封……"巧莲嘲讽道，"又是风吹不倒吧。"加进正式道，"不，我爹爹名叫封雷尚，官居户部尚书，学生名叫封加进。以上所言，句句是实，并无半句虚话。"

金定见加进神情，似不像假的，"你既是官家的读书郎，为什

么不顾生死到东岳庙呢？"封加进见娘娘问话，语气关切，也就敞开胸怀，"只因为闻得娘娘威名广播，又听说娘娘才貌举世无双，我心里好奇，急欲一见，于是乔装打扮进入庙堂。"金定听他口气，似无虚言，于是追问道，"你进庙为的是好奇，为什么又要扮作医生前来揭榜呢？"加进一听，有些迟疑，"学生不敢讲。"巧莲上前激道，"你敢闯庙堂，敢上宫楼，这几句话却不敢讲吗？"说着用眼神鼓励加进。加进一见，自然心里明白，于是开口道，"自从庙中见了娘娘，终日里都在思想。我将心事禀告母亲，家尊便请了媒人上府求婚。谁知王爷不仅不曾应允，还说娘娘婚姻非比寻常，须请万岁做主，要招一个文武全才的状元郎。家尊闻言心头气恼，反把学生斥责一场。从此以后，我是无心读书作文，整日里一片痴情难忘。那日得知娘娘生病，又闻挂了招医皇榜。我暗中仔细推敲，再三思量，觉得娘娘之病怕是另有来历。为了探知娘娘病源，我就大胆扮作医生前来揭榜。"说着取出皇榜，递与娘娘。金定接过，展开一看，一幅仕女图映入眼中，画中美人巧笑倩兮，却是自己！金定不由站了起来，走过一旁，细细端详，果是丹青妙手。上面还有诗一首，落款果是封加进题：

> 犹如仙凡隔九峰，漫将彩笔写姿容。
> 五更每日能添梦，宁愿宵宵梦里逢。

不觉心头掠过一阵喜悦。再看皇榜，金定不禁轻念出声，"年龄相仿，招为东床。"

此时，金定知道加进说的俱是实情，且已把心迹表达明了。思想及此，金定心已放宽，转身入内，取出双连宝笔，唤过巧莲，让她赠与公子。巧莲俏皮，假装不知，故意问道，"做什么呢？"金定顾不得羞涩，轻声言道，"以定终身。"

加进在外，见巧莲出来，连忙迎上。巧莲笑道，"许先生，我家娘娘念你看病有功，将功赎罪。"说着，递上宝笔，"喏，拿去吧。"加进不明就里，接过笔道，"我岂是为此而来。"还以为是寻常财物呢。巧莲见他糊涂，笑道，"你真是聪明一世懵懂一时，快去吧。"加进细看手中之物，惊道，"双连笔！我不是在做梦吗？"仔细一看，果真是双连笔！加进欣喜万分，"双连笔是无价之宝，满朝文武俱都知晓。当时万岁赠给她，曾说此宝就是月老。谁人得此双连宝笔，就能与她白首偕老。今日此宝落在我手，真是做梦也想不到啊！"加进简直有些手舞足蹈，"刘天化呀刘天化，你不肯将女儿许配与我，如今你女儿却将双连宝笔赠予我了！待我回家禀告爹爹，奏明圣上，马上红灯花轿上府迎娶，到那时喜煞我封加进，气坏你这老……老岳父啊。"说罢，向内施一长礼，"娘娘千岁，洞房再见！"

加进正欲撩袍出门，猛见刘天化闯了进来。原来天化早已脱靴蹑足上楼，加进一番言语大都听见。此时，一把拉住加进，厉声道，"封加进，你竟敢乔扮医生，擅闯宫楼，戏弄娘娘，罪犯千条，我与你上殿见驾去。"说罢，大声喝道，"绑下了。"

九

加进跪在午门之外，数名剑子手押着，天化亲自监斩，但等时间一到，即刻行刑。

封雷尚得知消息，真是晴天一个霹雳，又气又急，匆匆赶赴法场准备向刘藩王求情。

加进见了父亲，连忙哭叫爹爹。封雷尚见儿子情形，也急得流下泪来，"儿呀，你这奴才做事太过荒唐，你何苦飞蛾扑火伤了自身。你母在后堂哭得死去活来，为父也急得没有主张。只怪你平日不听教训，才做出这等荒唐之事。怎不叫为父痛煞！"加进一听，忙道，"爹爹，孩儿不孝，连累高堂。只是孩儿罪不该斩，还求爹爹救我！"封雷尚怒道，"你闯进宫楼戏弄娘娘，何救之有？"加进急道，"孩儿是揭榜医病，何谓闯进宫楼？御妹亲许良缘，怎说戏弄娘娘？"封雷尚吃了一惊，"此话当真？"加进回道，"娘娘赠的双连宝笔，现藏孩儿胸间，爹爹请看。"封雷尚忙从加进怀中取出，一看，果是双连宝笔，不由喜道，"小奴才，你的造化不小啊。"说罢，急忙前去参见天化。

天化一脸怒色，"封大人来见本藩，为了何事？"封雷尚求情道，"王爷千岁，千不是万不是，只怪下官的不是。不该平日教子无方，纵子游荡。今日特到法场，与王爷千岁赔礼来了。"天化一听，冷笑道，"素闻封大人治家严谨，教子有方啊！"

封雷尚听闻此言，沉声道，"请问王爷千岁，我儿他身犯何罪？"天化厉声道，"乔扮医生，闯进宫楼，戏弄娘娘，该斩不该斩？"封雷尚也正式道，"请问王爷千岁，我儿他怎会闯进宫楼？"天化应道，"揭了皇榜而来。"封雷尚一听，朗声道，"他揭了皇榜，乃是与娘娘千岁看病而来，怎说她戏弄娘娘？既然我儿戏弄娘娘，娘娘为什么不将他定罪，反而赠他双连宝笔？这是下官教子无方呢，还是王爷千岁治家不严呢？"天化一听，怒不可遏，"老匹夫！竟敢在法场之上，当众羞辱本藩，那还了得！"说罢，喝令左右，"将他轰了出去！封加进开刀正法！"

此时，一声娇叱，"刀下留人！"原是御妹娘娘闻讯赶来。加进见了娘娘，煞白的俊脸上终于露出笑意。金定见了，悄悄挥手示意，莫怕，有我哩。

封雷尚见娘娘驾到，忙上前见礼。金定见是封尚书，忙道，"这里有扇子一把，速速奏明圣上！"封雷尚接过扇子，连忙遵旨而去。

天化见女儿驾到，下来见过，"儿呀，你不在宫楼来法场作甚？"金定正式道，"特来求爹爹赦回封公子。"天化不肯，"定斩不赦。"金定也加重了语气，"封家公子你斩他不得。"天化不解，"为何斩他不得？"金定答道，"他是有功之人。"天化急了，"功在哪里？"金定气道，"医好了女儿病体。"天化不屑，"他怎会看病？"金定辩道，"不会看病，女儿怎会痊愈。"天化叫道，"啊呀，他可是假扮医生而来。"金定紧追一句，"爹爹，皇榜之上可曾写明，若非行医之人，虽懂医道，亦不得前来揭榜？"天化无奈，"这倒未曾写明。"金定语气恳切，"爹爹，自古只道恩将恩报，岂有恩将仇报？"天化一听，高声道，"为父斩他不得，难道万岁也斩他不得？"金定又气又急，"爹爹，你可曾在皇榜之上加上一条？"天化没有反应过来，加了什么？金定递与他看，"年龄相仿，招为东床。"金定怕父亲撕抢，忙将皇榜收起，亲热地叫声爹爹，开口道，"万岁出旨张挂皇榜，治得儿病者予以重赏，外加一条是您所写，此事满城百姓俱是知晓的。如今病已治愈，大家也知是他揭的皇榜。爹爹是明白人，个中环节无需孩儿多讲。"金定见父亲仍不回心转意，于是放低声音，撒娇道，"孩儿实言相告，女儿已经与他订——"金定略一迟疑，终于鼓足勇气，"订鸳盟了。爹爹若是定要斩他，岂不是叫女儿终身独守空房吗？"天化闻言，气急败坏，但碍于娘娘身份，强忍怒气，"女儿啊，婚姻大事非同儿戏，自应由父母做主。你还是快快转回宫楼，免得把皇家体面一扫而光。"金定闻言，大是生气，心想女儿已对你说了真实经过，你竟仍不肯通融，于是加重语气，责问道，"爹爹，你到底赦是不赦？"天化语气强硬，"定斩不赦！"金定一下子勃发英气，高声下令，"巧莲、玉梅，与我把封家公子放了！"巧莲、玉梅应声而动。

天化自是气急败坏，众校尉见娘娘有旨，自是退下。天化见状，竟从刽子手里取过鬼头刀，准备亲自行刑。金定一见，挺身上前阻拦。父女正在纠缠，封雷尚手奉圣旨匆匆赶到。

奉天承运，皇帝诏曰：刘天化奏封加进乔扮医生，闯进宫楼，戏弄御妹千岁一事，显系谎奏，本应降罪，姑念伴驾多年，暂将功赎罪。今孤皇做主，将御妹终身配与封加进为妻，即日完婚。钦此！

封雷尚念得抑扬顿挫，金定、加进听得满心欢喜，只有天化却是蔫在地上，良久说不出话来。

其实，女儿招得如意郎君，天化应该高兴才是。

桂英垂泪回话，

　"不是敫桂英心肠太软，

而是想起那两年间夫唱妇随情景，

怕那王魁也有个中委曲。

判官爷只待我前去试探一番，

若那王魁还有半点人性，

我倒情愿收回诉状，饶过了他。"

情探

一

敫桂英也是读书人家出身，只是母亲早亡，父亲又染了重病，为父延医吃药，家里是当的当空，卖的卖光。眼看着父亲是病躯支离，沉疴难起了。

这一天终于来了。父亲轻声把桂英叫到身边，拉着女儿的小手，泪流满面，想想自己一死不要紧，只是苦了这孤苦的孩子，日后不知怎么过。看着孩子娇小的身躯，父亲从怀里摸出一个玉的扇坠来，说这是敫家祖传之物，自己眼看着不行了，要桂英把这扇坠带在身边，玉通人性，一来保佑女儿一生平安，二来睹物如见父，也是一个惦念。

话未说完，便咽了气。

桂英扑在父亲身上，又是一通号啕。临末，只好头插草标，走到街头，卖身葬父了。

转眼间，敫桂英在鸣珂巷已经十个年头了。头几年鸨儿见她年小，便请人教她琴棋书画。这桂英本是读书人家女儿，天资聪颖，这琴棋书画，一学也就会了。加上天生丽质，待到开门迎客，便挂了头牌。几年下来，老鸨是赚了大钱，桂英自己也落下一些私房银两。

又是一年，又到岁末。年关将近，客商也都回了家去，这院内反倒闲了。桂英临窗而坐，遥想孩时情景，不免感叹身世，落下泪来。继而又想，自己毕竟是读书人家女儿，待到赎了身子，无论如何得嫁个清白人家，好好地过日子，也算对亡父在天之灵的一个交代。

如此一想，桂英便起了身，带了小菊，准备到海神庙内进香，希有神佑，好让自己早日找到如意郎君，离了苦海。

二

王魁也是寒门子弟，十年苦读，早已把银钱花尽。这一次赴京赶考，家中为凑足盘缠更是罗掘得净了。不想，待到放出榜来，王魁却是名落孙山。京城米贵，容身不得。欲回家去，盘缠早已悉数花尽，这王魁便一路卖字求生。到了莱阳，天寒地冻，王魁身体又弱，染了寒疾，沉沉的起不得身。可三餐没有着落，只得强撑病体，提了书篮挨家寻去，只望帮人家写副春联，换口饭吃。不想这一日自早到晚，雪下得贼紧，加上风大，纷纷扬扬，竟是漫天飞舞。莱阳城内是家家紧闭门户，路上也不见行人。眼看着天色已晚，王魁又冷又饿，只得冒着风雪，跌跌撞撞，到海神庙内避寒。进得庙内，王魁浑身衣衫已湿，身子又饿，加上身有寒疾，实在支撑不住。王魁暗想，此次赴京赶考，不仅榜上无名，瞧眼下情景，是要客死异乡，这家是回不去了。于是，打开提篮，把冻了的墨汁用热气呵开了，拿起笔来，长吸一口冷气，准备鼓鼓精神，挥毫壁上，也算临终绝笔。才知刚写得两行，便悲从中来，眼前一黑，就矮下身子，昏了过去。

敫桂英进得庙来，借着烛光，见粉墙上竟有题字，不禁停下脚步，细看之下，有诗两行：

瘦马西风思万里，落雁平湖望青云。

桂英也是识书断文的人，见了两行真中含草的诗句，不禁叫出声来，"好字！"

一同行来的小菊也叫出声来，"姐姐，庙内有人！"

桂英忙走上前去。听到呼唤，王魁竟悠悠醒来。询问之下，王魁道出自己眼下境况。桂英素来对读书人有好感，知这书生

写得这样一笔好字，自是才学不浅，加上王魁书生模样，眉目清秀，哀哀的也可怜见，怜悯之心油然而生。于是脱下披风，替他系上，让小菊扶着，迎着风雪，往鸣珂巷去。

这雪下得愈发地紧，茫茫一片，早已分不清哪是天哪是地了。只有院门外高悬的一盏灯笼，依然红彤彤地亮着。

三

王魁到得院来，昏昏睡去，竟是一日两夜未曾醒来。桂英衣不解带，也服侍了两宿。

第三天醒了，仍是烧得厉害；几口热粥下肚，又沉沉睡去。桂英请了莱阳城中有名的郎中，来院诊治。那郎中把了脉，又望了气色，问了病由，稍一沉思，便开了药方，嘱咐桂英照单抓药。桂英连忙打发小菊，冒着风雪去药辅抓来，煎了，扶起王魁，一口一口地喂将起来。一贴贴的药下去，眼看着王魁的命是捡回来了。

再把那位名医请进院来，名医诊罢，在原来处方的基础上，稍作调整，告诉桂英，病人病得不轻，一时半会的怕是恢复不了元气，因此，还得照方用药。一个疗程下来，歇停一期，再次煎服。如此这般，一两年光景，才可痊愈。

桂英听了连连称谢，这郎中拿了诊金，便径自去了。

自此，敫桂英便掏出私房银两，给王魁治病。一月下来，王魁渐渐地起了身。再有一月，开始有了精神，慢慢地想起自家本业，又开始温习诗文。

王魁进院，敫桂英便停了营生，一门心思地照顾病人。

开始几日，鸨儿以为桂英一时冲动，新鲜劲儿过去，也就会重新开张。没想到，这贱人竟自家夫君一般地侍奉起来，不由心头一怒，便欲发作。后来一想，桂英可是院中的招牌，心气儿又高，倔脾气上来了，拦都拦不住。现在手头还有些积蓄，待花费尽了，看你怎么个活法。于是，强压怒火，按下不表。

桂英见王魁日日地好转，心中十分高兴，见他又开始温习诗文，更是欢喜得紧。闲来无事，两人便慢慢叙话，各人细诉自家身世，每说到伤心处，便相拥着哭泣。自此，王魁衣食有了着落，开始益发地用功读书。桂英呢，心想终于遇到了可以托付终身之人，期盼着王魁早日得中功名，自己也就有了从良脱籍的机会，平时照顾王魁也更加地用心。两人双宿双栖，情意绵绵，真是恩爱夫妻一般。

桂英供着王魁，三餐茶饭都得自家开销，加上王魁每隔十天半月就得花钱买药，这开销自是不小。眼看着私房银两俱已花尽，桂英便开始典卖平日客人赠与的珠宝首饰。一日，院中姐妹彩屏匆匆上楼，径直走进房来。桂英迎上前去，这彩屏便拿出一副翡翠盘龙镯子说开了，"桂英啊，你怎么把这么贵重的镯子都卖了呢？你要银两，姐姐与你付了。这镯子卖了可惜啊。"桂英答道，"姐姐手头也不宽裕，做妹妹的怎可用你银两？再说，眼看考期已近，王郎即将上京赴试，还得准备盘缠，这镯子还是卖了。"

听桂英这一说，彩屏不免心急，"好妹妹，平日见你俩终日厮守，做姐姐的也不说你，怕扫了你的兴。时至今日，姐姐年长几岁，也算经过世面，姐妹一场，有几句话还得说与你听。看你这两年光景，终日闭门谢客，把客人都得罪尽了，也惹恼了鸨儿王八。这些日子下来，所有积蓄又都典卖尽了，这样一来，留与自己的是一丝一缕都没有了。你这厢是扑心扑肝，可人心隔了肚皮，一旦那厢有了变故，你又找谁去？岂不是竹篮打水？到时，你还有什么活路？"

桂英听罢，径自答道，"姐姐为我着想，自是好意。但我与王郎朝夕相处，已有两载光阴，两情相悦，恩恩爱爱，王郎哪里会是朝三暮四的轻薄男子。"彩屏见桂英这么说话，也不便多言，再说反而有挑拨之嫌了。于是言道，"既然如此，那就随了你了。"起身欲走，却见桂英换了装饰。仔细一看，桂英腰间的香罗带已换了颜色，于是叹口气道，"妹妹，你已换了香罗带，看来是决意从良，跟定王魁了。"桂英没有作声，见其神情，自是肯定。彩屏便道，"只这镯子确是难得之物，你真要变卖，不如把你挂在身上的玉扇坠当了去吧。"桂英闻言一把将玉扇坠攥在手心，脸色突变，"这是父亲临终之时留与我的，睹物如见人，岂能卖掉！"

见此情景，彩屏说道，"既如此也无话可说，但求天遂人愿。"转身变卖镯子去了。

桂英送走彩屏，返回房内，却见王魁伏在案上抽抽搭搭地哭泣，桂英大惊，忙问究竟。原来，刚才姐妹一番对话，王魁俱都听见，思想桂英对自己的一番真情，百感交集，不觉痛哭出声。见桂英入内，一把将她抱住，哽咽着说，"王魁定当悬梁刺股，苦读不辍，此番进京，非夺个功名不可。到时定把娘子接进京去，夫妻相守，共享富贵。"桂英听他一番言语，也是感动得紧，口里连连劝他，"王郎竟日竟夜地用功，可不要累坏了身子骨。近日在外厢做了一双棉袜，王郎深夜用功，套上袜子，可避寒气。"这时，小菊端上药来。桂英道，"这郎中开的药方倒也灵验，眼看着王郎的身子是一日比一日地好了。"王魁看见汤药，不禁又紧蹙双眉，"此药虽佳，可委实太苦，端的难以入口。"桂英见王魁这般光景，又不免心生伤感，言道，"王郎受的苦也太多了，这药是苦，为妻陪你一起吃吧。"于是，舀起一匙汤药，桂英先浅啜一口，再送与王魁吃了。王魁见桂英如此待已，竟又哭出声来。桂英见王魁抖得厉害，一摸，才知王魁不胜寒冷，双脚如冰一般。于是解开衣衫，抱了双脚，径直放入怀中，焐将起来。王魁噙着泪道，"妻已决意为我从良，怕的是王魁此去，也不知中与不中。如中了，同享荣华富贵，只怕又是不中，叫王魁有何面目见你！"

桂英答道，"中了自是欢喜得紧，真要不中，你也早日回来，你我夫妻耕读度日也是好的。只要夫妻相伴，白头偕老，于愿足矣。"王魁言道，"有娘子这般待我，王魁也不枉此生了。既如此，却待我在娘子新换的香罗带上题诗一首，以表心迹，也作鉴证。"

比翼连枝愿已遂，罗带题笔是王魁。
只待金榜题名日，蟾宫只为桂英开。

王魁题罢，桂英便掏出玉扇坠来，递与王郎，"这是家父遗物，平日视若生命，今日赠与王郎，望郎无论天涯海角，睹物似见人，好生珍藏。"王魁接过扇坠，慎重收起。

桂英自是又一番叮嘱，王魁听得频频点头。夫妇相拥，不免又是一番歔欷。

四

眼见着考期近了。这一日，起个大早，王魁便动身进京了。桂英自是一路相送，途经海神庙前，两人便执手进入庙来。在王魁看来，如不是在庙中碰见桂英，自己这条命怕是早就没了。桂英则觉得正是在此偶遇王郎，才使自己前途有望，终身有靠。见了海神塑像，两人不禁双双跪下。王魁正色道，"小生王魁，自愿与敫氏桂英结为夫妇，誓不变节另娶。此番若得功名，便接妻进京，共享荣华。若有违誓，千秋沉沦。"

桂英听罢，也对神起誓，"敫氏桂英，自与王魁结为夫妇，生死祸福，永不变心。若违此誓，苦海永沦。"

两人言罢，均已泪流满面。眼看时已不早，王魁狠一狠心，径自上路。

可怜敫桂英，眼望王郎远去的背影，哭得泪人儿似的。也不知王郎这一去，何日是归期。

回到院中，鸨儿已等在屋里。"前日贫儒在此，你不接客也就算了。如今，穷生已走，你再不接客，岂能饶你！"

此时桂英，一颗心已随王魁去了，一心要为王郎守贞，哪里再肯接客。鸨儿气得不行，王八的鞭子便雨点般落在桂英身上，把个桂英打得是伤痕累累。这时，彩屏出来说道，"既然桂英不肯，纵是把她打死怕也不从。真要打死了，岂不人财两空。"

鸨儿听了也觉在理，叫王八停了敲打，但每日里仍是百般辱骂。骂到恨处，仍不免用皮鞭抽打一阵。可怜敫桂英，要是没有王魁这个挂念，纵是百个桂英也早已死了。如今有了王魁赴京赶考这一盼头，敫桂英苦苦挨着，每日里掐着指头，左算右算，盼只盼王郎早日归来。

五

三场考罢，王魁竟然中了状元。少不得琼林赴宴，御街打马。真是古话所说，十年寒窗无人问，一朝成名天下知。

这日王魁在家闲坐，怀中掏出玉扇坠，不由想起莱阳城内桂英妻来。于是，把扇坠放在案头，准备修书一封，迎妻进京。正待提笔，忽听门房进来通报，吏部侍郎张行简大人到。王魁匆忙起身，这张大人已经"状元公、状元公"地叫着，进入房内。

两人见罢，张行简便恭贺状元公双喜临门。王魁暗想，中得状元自是一喜，不知这二喜？张行简到也爽快，言道，"韩丞相爱才心切，有心招你为婿。"王魁心头一震，不禁脱口而出，"不，不行。"王魁话未说空，这张行简便阴阴一笑，"状元公是不是还在想那莱阳城内鸣珂巷中的烟花女子敫桂英？"

王魁大吃一惊。张行简冷笑一声，"如若状元公配了个青楼女子，可真要被天下人耻笑了。韩丞相如果一本奏到金殿，说新科状元是混迹青楼的无行文人，浪荡子弟，天子一怒，这状元的桂冠怕是保不住了。"听了张行简这么一说，王魁吓出一身冷汗。心想自己吃尽千辛万苦，不就为了今日，如果为此而得罪丞相，震怒天子，不仅空欢喜一场，说不定还有更大的祸殃。正欲答应，眼前不由得浮现敫氏身影，尤其是桂英那双如泣如诉、哀怨悱恻的双眼更是令人心碎。张行简看出王魁心中踌躇，便乘机说道，"那敫桂英吗，你不如修书一封告诉真相。随信多带上些银两，让她自行赎了身子，另行嫁人。你也就算对得起她了。"王魁心下虽然不愿，但看眼前之势，也只好如此了。

张行简见王魁许了，不禁大喜，眼见案头有一玉扇坠，便顺手拿过，欢喜道，"这扇坠正可作赠予相府千金的聘物。"王魁想这扇坠乃桂英与我的信物，岂可以此为聘。急欲出手拿回，张行简已把扇坠放入袖中，笑着出门去了。

王魁在书房坐着，真是呆若木鸡。思前想后，益发觉得对不起桂英。但想想眼前富贵，也不敢开罪韩丞相。思来想去，觉得还是照张行简的说法，修书一封，奉上银两，也算对桂英一个交代了。

六

衙役到鸣珂巷的时候，敫桂英还在海神庙烧香。自王魁走后，桂英是有事无事都上海神庙内祷告，祈的是王魁高中，求的是王魁平安，盼的是王魁早回，望的是两人团聚。这一日才焚香罢，便听门外小菊嚷道，"王状元来信了！"桂英一愣，跨出庙门，急问哪个状元？小菊道，"王魁高中了！"言罢，拉着桂英就急急返回鸣珂巷。此时，院里已是闹翻了天。见桂英进来，众人皆贺喜道，"诰命夫人来哉！"

衙役知是桂英，便递上书简。桂英边连声道谢，边接过书信。见抬头写着"王魁柬寄桂姐妆次"，不觉蹙额，再读，看到"自别姐入京，侥幸得中，蒙韩丞相招赘，即日成礼。既有新婚，难践旧约。特奉白银二百两，以报贤姐两年恩爱"，犹如当头一棒。看到尾处，还有诗一首，"比翼连枝原已乖，休将薄幸怨王魁。只因憔悴章台柳，怎向琼楼玉宇栽。"更是晴天霹雳。桂英竟一下昏了过去。

小菊、彩屏忙将桂英扶起，连声呼唤，桂英才悠悠醒来。眼泪夺眶而出，而人已哭不出声来。院中诸人已将书信传看遍了，见王魁如此言语，也都惊得说不出话来。少顷，桂英终于大声号啕起来。这哭声哀痛不已，凄惨欲绝，众人听了无不垂泪。只有鸨母在一边撇嘴，还絮絮叨叨地说个不停，"烟花女还是烟花女，哪儿会

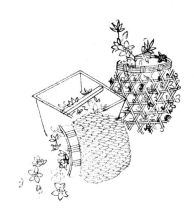

有状元夫人的命？"王八也应声道，"野鸡岂能变成金凤凰？不如少哭两声，免得伤了身体，明日也好梳妆打扮，早些开张。"

桂英听了更是撕心裂肺似的大哭起来。小菊、彩屏连声相劝，可哪里劝得住。眼见得天色已晚，桂英沙哑着嗓子，说要到海神庙内进香，众人见她如此，也由得她去。

进了海神庙，敫桂英扑身跪下，磕头不已，嘶哑着嗓子嚷道："海神爷，你可得给我做主啊！"

桂英白天已哭多时，此番再哭是哭不出声，只是哀哀地把自己悲惨身世向海神爷哭诉一番，并哀求道，"王魁如此待我，万望海神爷替我申冤！"桂英一遍一遍地哭诉，海神爷何曾会吭一声？这桂英又向两旁的判官、小鬼哀求，但泥塑木雕又怎会作答？

眼看天色已黑，桂英嗓子是一点声音也发不出来。桂英心想，王魁如此待我，如再回院中，鸨儿、王八又岂能饶过于我？众姐妹纵然有同情的，但背后仍不免有人取笑。一众客人又会怎样地欺凌于我？一腔热血被兜头一盆冰水浇了，活着还有甚意思？

海神爷又不肯为我做主，还求谁去？也就死了罢了。于是解下香罗带来，在庙内自缢而亡。

七

桂英死了，便化作鬼魂。此时方晓得海神爷已准了她的状，派判官、小鬼捉拿王魁魂魄前来折证，并要桂英同去。

拿了勾魂牌票，敫桂英便随了判官、小鬼离了莱阳，一路行去，自是腾云驾雾。敫桂英向下望去，见身下已出莱阳，下面两条白带，却是漓水、沂水，三两个城镇便是青州、淄川。稍过一会，一山巍峨，正是东岳泰山，日观峰、丈人峰数峰林立，煞是壮观。只是桂英满心伤悲，哪里欣赏得来？满目所见，俱是舍身崖下的无数冤鬼。过了运河，飞过东平。判官说道，"下面便是水泊梁山了。"桂英心想，可叹今世，早已没有宋江、武松这样的一百单八将英雄好汉来仗义扶危了。转眼间，只见一水滚滚东去，原来便是黄河。过了兰考，看见陈留郡，桂英想起赵五娘为埋公婆，剪发包土，竟又一阵欷歔，慨叹自家身世也不知比赵五娘苦上几倍。忽听见空中传来哀哀鸣叫，仔细看来原是一只落了单的孤雁，凄凄切切地边飞边唳。难道这雁也晓得我的苦衷吗？想我桂英，孤鬼野魂，千里追凶，而那负心贼王魁，却是绣帏罗帐成双作对。贼子呀贼子，今晚岂能饶你！

此时，判官言道，"相府已到，敫桂英在此稍候，待俺与鬼卒前去捉拿王魁。"桂英一惊，眼前便闪出王魁海神庙内昏厥在地模样。见判官、小鬼就要进府，桂英竟又一愣，眼前又闪出王魁寒窗苦读模样，于是连忙叫出声来，"且慢！"判官回头问道，"莫非你又生退意？"桂英垂泪回话，"不是敫桂英心肠太软，而是想起那两年间夫唱妇随情景，怕那王魁也有个中委曲。判官爷只待我前去试探一番，若那王魁还有半点人性，我倒情愿收回诉状，饶过了他。"判官一愣，问道，"要是半点人味都没有了呢？"桂英一惊，不由咬紧牙关，"一定要那负心贼拿命来抵！"判官摆摆手道，"容你一探。"

八

相府自非寻常官宦人家可比，屋宇连绵，煞是气派。

王魁走出房内，站在庭院，但见一轮圆月高挂天际。微风过处，梧桐落叶。王魁背手而立，见此光景，不禁一声长叹。想自己贵为状元，身为相爷乘龙快婿，虽有锦衣玉食、脂香粉媚，却不知为何，仍时时心神不宁。耳听谯楼更起，不禁想起莱阳城鸣珂巷内寒夜苦读情景。可惜桂英，可怜桂英，可叹桂英。我虽不杀桂英，桂英却因我而死。思想至此，王魁不觉发出声来，"今生今世对你不起，但求你来生做个富贵人家女子，你我再续前缘吧。"

此时，又一阵风来。云遮月，树移影，院中竟瞬间暗了许多。王魁一惊，连忙返身入室，掩了房门。未及走入内室，外厢的门竟"吱呀"一声开了。王魁回头一看，也无人影，这门竟自己开了。王魁大惊，正欲叫出声来，忽然一阵风来，房中的灯"扑"地灭了。王魁惊呼一声，"是谁？谁把灯灭了？"一个女子幽幽发出声来，"皓月当空，熄了灯火，你我正好赏月呀！"王魁大惊，抬头一看，敫桂英站在自己面前！王魁便高声叫道，"有鬼！有鬼！快来人打鬼。"桂英又轻声言道，"分明是人，分明是我，怎说是鬼啊！"此时，王魁静了静，盯着桂英，问道，"真是桂英？"桂英回道，"正是为妻！"王魁颤着声连忙问道，"你接到我的书信，不是在海神庙自缢了吗？"敫桂英轻叹一声，"传错了，我不曾死。"王魁急忙追问，"真的没死？"桂英回话，"真的没死。"见桂英还是旧时模样，王魁又惊又喜，"千里迢迢，你又是怎样来的？"听此一问，桂英一阵酸楚涌上心头，便道，"你怎样来的，我也怎样行的。"此时，王魁已静了下来，听桂英说罢，便警觉起来，"那你为何来此？"桂英见王魁变了脸色，便缓缓言道，"一来闻听王郎高中，故此特来贺喜。"王魁显出不屑的样子，"早就中了，还贺什么喜？"桂英心头一惊，"二来么，为妻替王郎送药方来了。"王魁不解，"甚么药方？"桂英回答道，"真是贵人多忘事。王郎可曾记得身染寒疾，雪夜昏倒在海神庙内，是何人接你至鸣珂巷？连日昏迷不醒，又是何人延医救你？人在院中，寒夜苦读，为防病发，两年间又连续服药，方才有了起色。这药方正是救你性命的那张良方啊。"

王魁连忙道，"此事是记得的。"桂英心头又是一酸，眼泪不觉涌了出来，"王郎赴京赶考，走得急了，这药方未曾带去。为妻的怕你旧病复发，特意千里迢迢送方来了。"说着，递过药方。

王魁用手接过，不禁心头一颤。只见桂英，一路风尘，人亦憔悴，不觉心头一热。思想往事，没有桂英深情厚爱，只怕自己早已命赴黄泉。如今，她牵挂我的身体又特意不远千里送来药方，真是一往情深啊！王魁不觉上前一步，伸手欲揽桂英，忽然看见桂英腰间的香罗带，王魁又是一愣，心想，桂英虽好，奈何终是青楼女子，身为状元公，怎好夫妻相认呢。于是，冷冷地说道，"此病早已痊愈，后来不曾发过，药方是不用的了。"桂英颤声问道，"不要了？"王魁话语十分冷静，"你我恩爱一场，如今想来，已是做梦一般。你还是回去吧。"桂英见王魁这样说，带着哭腔，颤声道，"回去？如今回去，鸨儿、王八的打骂，姐妹们的奚落，实在难以承受，我哪里还回得去啊。"桂英说完，见王魁仍是一言不发，不曾松口，心里陡生凉意。于是，又颤声哀求道，"王郎，可怜桂英沦落烟花，命薄如纸。做你妻子自是般配不上，你就容我做个偏房，待我每日侍候于你，也好让我有个落脚之处。"见桂英满脸凄戚，苦苦哀求，王魁想起昔日院中恩爱，不觉心头一酸，"桂英，妻呀！"桂英见王魁动了心，心里一阵激动，也慌忙叫道，"王郎，我的夫呀！"桂英一呼，王魁一惊，便又回过神来，留她为妾，也不知相府千金可曾允许？岳父大人可曾答应？于是，不免懊恼刚才的失态，声音益发变冷，"贵为状元，相府女婿岂可纳青楼女子为妾！"桂英心里真是冰也似的，眼看王魁阴沉着脸，桂英便苦苦恳求，"王郎，我真的是无处容身，既然不能做妾，你就留我在府中做个奴婢，日间为你侍奉三餐，夜来为你叠床铺被，只要让我免受青楼之苦，我心甘情愿为你做奴做仆。"

饶是桂英苦苦哀告，王魁仍是没有吭声。桂英又哀求道，"你就念我父母早亡，孤苦伶仃，无依无靠，只要能够每日见你，就是做你脚下的杂草，我也心甘情愿。"

听着敫桂英的泣诉，饶是铁石心肠，也动了感情，王魁心里也是翻江倒海。想想桂英身世，真是可怜得紧。听她杜鹃啼血一般的哀告，真想照拂于她。可是，留在府内，没有不透风的墙。一旦东窗事发，岂不污了我的名声。即使外人不参劾，丞相父女处怕也过不了关。如此一来，十年寒窗不就白费了吗？到手的荣华富贵岂不又成泡影？与其到时再来打发，不如现在就狠心不要收留，于是，王魁厉声言道，"你走，你马上走！"桂英一听，"你、你难道真的要我再落风尘吗？"王魁一声冷笑，"风尘就是你的归宿，这里岂有你容身之处！"

桂英竦然起身，向王魁伸出手去，"既然如此，好，拿来！"王魁不解，问道，"什么？""碧玉扇坠。"王魁一愣，

"那扇坠啊，我已用作与小姐定情的聘物了。"闻听此言，敫桂英怒火中烧，"这碧玉扇坠乃是我父临终留与我的唯一遗物，我视为珍宝，相赠于你，你竟用它去作聘物？"

王魁见桂英发起狠来，心想，不如说两句好话，把她打发走了。便故作轻松，"区区玉坠，何必看重。你我今世无缘，来生再偕白头。"桂英冷笑，"你又要骗人。"王魁话语轻佻，"你不相信，我可对天盟誓。"说到盟誓，桂英不由想起当时王魁院中说的句句盟誓，又想起送别时海神庙内的那一番誓词，更是满腔怒火，"你用那盟誓，已害死了一个敫桂英，难道你今天又想以此害死一个敫桂英吗？"

此时，门外仆人忽然叫道，"丞相有事驾到。"

王魁一听，不觉慌张起来。见桂英仍然不走，便从墙上抽出利剑，连连向桂英刺来，"你再不走，要你的命！"

此时，桂英心似死灰，把个王魁是完全看透了。往日恩情，是一丝一缕都涤荡尽了。窗外，判官、小官已听了多时，见桂英一声叱骂，便倏地进到室内，索命牌一举，王魁刹时气绝。

一旁的桂英煞白着脸，风中树叶一般抖个不停。

只有天上的一轮明月，没事一般，依然静静地把月光洒向人间。

二〇〇九年二月十四日

九斤虽小，

却大小事情都应对得体，

左邻右舍没有不夸小姑娘乖巧机灵的。

渐渐的，九斤长大了，

名气也越传越远，

四邻八方的都知道箍桶有一个聪明俊俏的阿囝。

九斤姑娘

走过来，走过去，石二佬背着双手，在堂前来回踱步。他紧锁着眉头，不时地叹一口气。这时候，家里上上下下都躲得远远的，谁也不敢去招惹他。谁也不知他究竟为什么这么愁肠百结。

原因，石二佬自己知道。眼看着年事渐高，身体也慢慢地一天不如一天，但家里大小事情还都得自己张罗，忙进忙出。一到傍晚，头涨得厉害，双脚也沉得抬不起来。夜里翻来覆去，老是睡不着，好不容易睡着了，天也快亮了。第二天又得忙里忙外。石二佬知道，这样挨着，不出几年，自己的身体非垮掉不可。到时，名下的店铺，家里的三百亩良田又由谁来管呢？几十年，辛辛苦苦积攒起来的财富啊，怎么也得守住。否则，富不过两代啊！想到这些，石二佬心头一沉，不觉倒吸一口凉气。

三个儿子，两房媳妇，都成不了气候。孙辈还小，根本接不上力。小儿子还未成亲，看来得花点心思，娶一房好媳妇。只能指望这三儿媳来撑撑家里的门面了。

有了应对之策，石二佬多少平静了些，当务之急，是寻找这个寄托了全家希望的儿媳妇。

方圆几十里，说起石二佬来，真是谁人不知，无人不晓。石二佬的精明、干练、口才、心机，那是许多人都领教过的，也是众人甘拜下风的。石二佬要打听点事情，还不容易。这不，石二佬已锁定了目标，这媳妇，最佳人选便是张箍桶的女儿，九斤姑娘。

张箍桶，大名唤作张天保。因以箍桶为生，众人便叫他张箍桶，真名倒渐渐地无人唤起。中年丧妻，留下一个女儿。女儿生下来时，用秤称了，正好九斤，便"九斤"、"九斤"地唤她。张天保一年四季外出箍桶，家中大小事务全由九斤照料。穷人的孩子早当家，竟把这个家治得井井有条。生活并不宽裕，但父女也能平安度日。平日张箍桶不在，家里与左邻右舍有个来往，全是九斤出面，因箍桶本性忠厚，加上为人木讷，箍桶在时，也是九斤做主。九斤虽小，却大小事情都应对得体，左邻右舍没有不夸小姑娘乖巧机灵的。渐渐的，九斤长大了，名气也越传越远，四邻八方的都知道箍桶有一个聪明俊俏的阿囡。

虽然已打听得明明白白了，石二佬还是放心不下，瞅个机会，私下里还是对九斤姑娘观察了一番。石二佬也算见过世面的人物，见了九斤，还是被九斤的俊俏所打动，于是下定决心要把

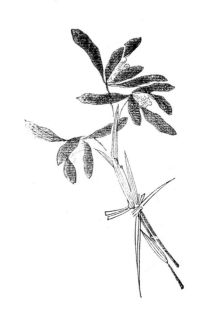

九斤娶上门来做第三房儿媳妇。

可是九斤这样乖巧，真要托了媒人上门，她要不答应怎么办？不但姻缘不成，传扬出去，岂不丢了石家的面子。石二佬心想，不如施上一计，要挟九斤非做自己的儿媳不可。

石二佬想起了三叔婆这只"奇怪雕"。三叔婆其实也不过五十挂零，因为辈分高，大家都敬她三分。三叔婆呢，脾气也大，个性刁钻古怪，说话尖酸刻薄，真是无理吵三分，得理就更不让人。谁要是惹了她，她讨起相骂来，确是十八般武艺件件皆精。一旦开战，先是双手叉腰，两脚稍分开，站在人家门口叫骂，这个有名堂，因模样像煞一把张开的剪刀，故唤作"剪刀骂"。如果对手也不是善类，则相骂升级，三叔婆左手叉腰，侧着身子，右手食指直指对方鼻子，一伸一缩地点着叫骂，这个也有名堂，因行径宛如茶壶倒水，故唤作"茶壶骂"。要是对手还能相持，则相骂再次升级，三叔婆嘴里高声叫骂，双手先在身前拍大腿，再在身后拍屁股，同时两脚作跳跃状，这也有名堂，因活脱似花丛中翩翩起舞的蝴蝶，故唤作"蝴蝶骂"。如连蝴蝶骂也骂不倒对手，那就是棋逢对手，将遇良才，得打持久战了。此时，三叔婆返身进屋，在灶间拿了砧板菜刀出来，一手举板，一手用刀不停地砍在砧板上。有时则坐在椅子上，旁边一张桌子，一块砧板，一把菜刀，一杯浓茶，三叔婆嘴里恶声怒骂，右手操菜刀有节奏地剁砧板相配合。骂得渴了，喝一口浓茶，润一润嗓子，再接着叫骂，几个回合下来，对方的叫骂声渐渐地被压了下去，直至悄无声息，三叔婆才鸣金收兵，得胜回朝。因此，这四邻八舍的说起三叔婆来个个发憷，寻常人家更是不敢惹她。真要和她有了争执，也立马服输，破财消灾为上。因三叔婆为人刁顽，又如鹰隼一般凶险，众人背后都唤她作"奇怪雕"。石二佬暗自思忖，若要九斤姑娘入范，非"奇怪雕"出马不可，于是，瞅个方便，决定亲自到"奇怪雕"家走一趟。

　　三叔婆见是石二佬上门，也是吃了一惊，思想石二佬所为何来，但脸上还是装着笑，"石二佬可有事情？"石二佬也赔上笑脸，"我倒真有一桩事体要你帮忙。"三叔婆又是一惊，连忙笑着问道，"像您石二佬，还有事要我帮忙？"见左右无人，石二佬低着嗓子说道，"三叔婆，此事还真非得你出马不可。"见三叔婆凑上前来，石二佬接着言道，"我想让九斤做我的第三房儿媳妇，又怕九斤不肯答应，"说到这里，石二佬左右看看，见无人影，又接着说道，"因此，要你三叔婆和她讨一场相骂，事成之后，奉上十两银子作为谢礼。"三叔婆听罢，笑道，"相骂包在我身上，只是九斤聪明伶俐，和她讨相骂，十两银子，嘿……"石二佬知道三叔婆的意思，忙答道，"好说，再给你加五两。"三叔婆道，"这场相骂不大好讨，饶是我三叔婆也得动动脑筋，谢礼吗，起码三十两。"石二佬一听，心里一沉，心想这"奇怪雕"果然心凶得很，讨场相骂，竟要三十两银子，但想想自己偌大的家产，总得有个人来管管，也就认了。"好，三十两就三十两。"话音未落，三叔婆竟伸出手来，"拿来！"石二道，"事成之后，自然给你。"三叔婆连声道，"石二佬，和你打交道，铜钿先头勿到手，后头怎么还会要得到！"见三叔婆这般言语，石二佬怕惹恼了她，便道，"先给你十两，事成之后照数补齐。"三叔婆道，"一言为定！"石二佬也正色道，"一言为定！"事已讲毕，石二佬转身走出屋外，心想，先让这只"奇怪雕"去讨相骂，到时我再出面来做和事佬。想到这里，石二佬竟兀自笑出声来。

送走石二佬，三叔婆返身入屋，前些日子屋里的小黄猫被人斩死，听小癞子的口气，似是张箍桶所为。现在就抓住这个由头，上门和九斤姑娘去讨相骂。思想罢，"奇怪雕"一阵兴奋，将军出征一般到张箍桶家寻衅去了。

　　到了箍桶门口，三叔婆便高声哭嚎道，"天啊——地啊——害爹害娘格箍桶佬啊——"听到哭声，旁边的小癞子走了过来，三叔婆一见小癞子，叫得更加起劲，"小癞子，你看到格，我这只猫就是张天保斩杀格！"小癞子一见这阵势，知道自己要惹是非了，连忙辩解道，"我没讲是张箍桶！我没讲是张箍桶！"见小癞子想躲是非，三叔婆连忙说，"你不要响，你不要响。"小癞子见三叔婆不要自己对证了，马上拔脚就溜进屋去。

　　听到外边有叫骂声，张天保想看个究竟，便边开门边问道，"外面啥人啊？叽叽喳喳的。"一见张天保，三叔婆当即撒开嗓子，"箍桶佬！你这只斩头猢狲，竟敢斩死我的金丝猫！""金丝猫？"见张箍桶一脸不解，"奇怪雕"益发得意，"我的这只金丝猫，一天会换三身毛。清早起来白毛毛，日里黄毛毛，夜里还会换黑毛。"见"奇怪雕"这样胡说，张箍桶嘴上不说，脸上露出完全不信的神色。"奇怪雕"更加起劲，"我这只金丝猫，日里会出去衔来金条，夜里会拖来元宝。徽州朝奉想来买金丝猫这个大宝贝，开口就说愿出三千吊铜钿，我还舍不得卖掉。你把我的金丝猫斩死了，你今朝少说也得赔我三千吊铜钿！"听三叔婆这样一骂，张箍桶大吃一惊，急得又是摆手又是摇头。"奇怪雕"声音益发响了，"你不肯赔我三千吊，我就到县官衙门去告状。县里我是经常去的，县官太太和我关系木佬佬好。我只要和她咬咬耳朵，衙役班头立马赶到，一根铁链套你头上，拖到公堂拷屁股。再一脚把你踢倒去坐牢监。坐得你头上出青草，坐得你屁股都烂掉。你这个杀千刀的，有铜钿也不能讨保。"张箍桶被"奇怪雕"夹头夹脑的一顿臭骂，哆哆嗦嗦地站都要站不住了，连忙辩解道，"我杀的是一只偷食猫，哪里会是金丝猫？我是手里做做肚皮饱饱，靠赚工钱度日脚的。即使把我的箍桶家伙，屋里缸灶饭镬拼拼凑凑都卖掉，铜钿也不值三千吊。"见张箍桶已被自己骂倒，"奇怪雕"更加威严，"你今朝如果赔勿出三千吊，我就拖你到县官衙门去开销。走，吃官司去！"听到三叔婆越骂越起劲，张箍桶是支支吾吾地差点要哭出声来，躲在屋里偷听的小癫子觉得事情闹大不好，还是出来劝劝。于是打开屋门，又走了出来。一见小癫子，张箍桶连忙恳求道，"小癫子，小癫子，我阿囡在河埠头，你快快帮我把我阿囡叫得来。"见张箍桶躲躲闪闪地被"奇怪雕"拉扯着要去吃官司，实在可怜得紧，小癫子连忙往河埠头去叫九斤。

躲在一边瞧热闹的石二佬，见张箍桶已被"奇怪雕"弄得无可奈何了，觉得时机已到，便踱着方步走了过来，"咦？三叔婆，怎么回事？"见是石二佬，三叔婆故意高声说道，"啊呀，石二佬，你真的不晓得啊，我的一只金丝猫被张箍桶'着'的一刀斩杀哉！"石二佬连忙应道，"噢，在外头吵吵闹闹的难看，有事体我们屋里头讲，屋里头去讲。"说着，就把三叔婆和张箍桶劝进张家。进了屋里，"奇怪雕"仍是喋喋不休地骂着。见张

箍桶被吓得厉害，石二佬假装十分着急，把箍桶拉到一边，轻声问道，"张师傅啊，你真是手里不生眼睛，这只'奇怪雕'你怎么弄得过伊呢！"箍桶此时煞白着脸，见石二佬柔声问他，差一点哭出声来，连声说，"是啊，是啊。"石二佬假装为箍桶考虑，体贴地说，"张师傅啊，我倒是有个办法，不知你看好不好？"见石二佬说有办法，箍桶连忙问道，"石二佬，求求你，你有什么办法？"石二佬正色道，"我是诚心诚意格，你看这样好不好。只要你把阿囡许配给我石家，三叔婆这里的铜钿由我来出。"见石二佬要自己的宝贝女儿去做儿媳，箍桶心里一愣，"这，这——我这人笨，弄不清楚，阿囡的事体要问阿囡自己的。"见张箍桶答应不下来，竟把事情推到女儿身上，一旁的"奇怪雕"有点急了，插话道，"怎么！张箍桶你真是一支檀树火筒，七窍不通。像石二佬这种人家，你就是打着金丝灯笼照也照不到。你还不答应？那就没办法了，走，吃官司去！"说着又拉起箍桶要往外走。张箍桶见要去见官，吓得眼泪都出来了。抬头见女儿匆匆忙忙赶过来，连忙高声唤道，"阿囡！阿囡！"

九斤匆匆赶到，见爹一副窘相，便开口问道，"三叔婆，你拉我爹爹到哪里去？"三叔婆口气很硬，"吃官司去！"九斤又道，"我爹犯了什么王法？"三叔婆回过头来，"问你阿爹自己。"九斤放松声音，"阿爹，什么事情？"张天保忙解释说，"上次一只野猫到屋里偷食，被我一刀斩死。"张天保指着三叔婆，"她说这猫是她的金丝锚，要我赔三千吊铜钿，我赔勿出来，伊就要拉我去吃官司哉。"九斤心里一个咯噔，知道是怎么回事了。于是把箍桶拉到一边，问道，"那石二佬来做啥？"箍桶结巴着回答，"石二佬见我们拉扯着，就说，三千吊铜钿由伊来出，但要你给伊做媳妇。"九斤心里又是一个咯噔，心想，先是"奇怪雕"上门来敲竹杠，再是石二佬来做和事佬。弄来弄去，归根到底是要讨我去做媳妇。看来，今天的事体其中必有蹊跷。这场相骂是绕不过去了。

九斤心中有了主意。

石二佬见九斤来了，心里一阵高兴。脸上堆着笑，上去高声对九斤说，"九斤姑娘，你放心，侬爹爹事体，我已同三叔婆讲好。"转过脸来又对三叔婆说道，"你回去好了，三千吊铜钿向我要。"三叔婆爽快地大声答应，"那好的。"见三叔婆起身要走，九斤忙说道，"石二佬，真要谢谢您的好意。"石二佬忙道，"不要客气，不要客气。"九斤道，"请您家里坐。"石二佬连声道"好的"。九斤转身对三叔婆道，"三叔婆，你先不要走。我们前邻后舍的，天天要见面，有事情好好说，大吵大闹也不像样子。三叔婆，你坐下来说。"三叔婆心想，九斤要是做了石二佬媳妇，到时少不得有事找她，现在可不能得罪了，于是连忙答道，"到底是九斤姑娘，说出来的话就是有道理，谁家要是娶了这样的好媳妇啊，真是前世修来的好福气。"说着竟朝石二佬连连眨眼睛。石二佬怕事情穿帮，假装没有看见。

　　见"奇怪雕"这副模样，九斤强压怒气，平静地问道，"三叔婆，是不是我爹把你的猫斩死了？"三叔婆作十分痛惜状，"是啊，我花了好多心血养了这只猫，被你爹'着'的一下就斩死了。"九斤提高了声音，"三叔婆，你的猫是要赔的，但你借我们的东西也要弄弄清爽。"三叔婆吃了一惊，"我借过你们什么东西？"九斤正色道，"上次你女婿来，你说家里没有什么东西招待，就从我家捉走一只老鸭，有没有？"三叔婆作清醒状，"噢，有的，一斤多点重，你从赔我的钱里扣好了。"九斤又道，"还有一只斗呢？"三叔婆又作疑惑状，"斗？噢，斗在的，马上还给你。"九斤追问道，"那根秤呢？"此时，三叔婆有些不高兴了，冷声冷气地说，"一根断杆秤，星花都看不清了，打五十斤是一翘，一百斤也是一翘，这哪里还是秤，早扔掉了。"听三叔婆这样说话，九斤语气也更加重了，"那把镀铲呢？"三叔婆有些爱理不理，厌烦地说，"一把破镀铲，上次货郎担来，换糖吃了。"九斤一听，灵机一动，"镶铲卖了，那镶铲的柄呢？"三叔婆语气轻佻，"柄啊，烧火烧掉了。"九斤摆出大吃一惊的样子，"烧掉了？"三叔婆不当回事，"是啊，烧掉了。"九斤显出既痛心又无奈的样子，说道，"三叔婆啊，别样东西左邻右舍的也就算了，只是这根镶铲柄，那是一定要还的！"见九斤十分认真，三叔婆也不甘示弱，"还你一根新的好了。"九斤连忙追问，"你还我的柄，用什么树做？"三叔婆答道，"杉树。"九斤摇摇头。"檀树。"九斤又摇摇头。"枣树。"见九斤依然摇头，三叔婆不由气上头来，撇了撇嘴，高声道："怎么，这样不是，那样不是，难道会是月亮里娑婆树上的娑婆条？"九斤一本正经地答道，"是的，一点不错，正是月亮上的娑婆条。"三叔婆一脸不屑地道，"哼，省省吧，你倒说说看，你们哪里弄得来的？"

　　九斤作回忆状，"我爷爷在时，一大清早就挑货郎担到乡下去做生意，晚上要做到很夜才回家来。每天都是沐着月光出门，迎着月亮回家。年长日久，月亮婆婆也就认识我爷爷了。她见我爷爷日子过得艰难，不禁动了恻隐之心，就送我爷爷一根娑婆条，"九斤娓娓道来，石二佬、三叔婆、小癞子，甚至连箍桶也听得入了迷，"我爷爷拿到娑婆条，高兴地回到家里，想用它做个工具的柄。结果其他地方要么大了，要么小了，要么长了，要么短了，都装不上，试着作镶铲柄，刚刚好。"见九斤停下不语，小癞子忍不住问道，"后来呢？""娑婆条刚刚装好，我奶奶举起镬铲，一镬清水竟一下子成了一镬热气腾腾的白米饭，奶奶还以为是自己弄错了。炒萝卜时，镬铲一凿，一镬萝卜变成了一镬肉。奶奶大吃一惊，还以为是自己花了眼，又用镬铲去试，结果，一碗清水，镬铲一浸，就成了一碗酒。后来，我奶奶想要什么菜只要镬铲一铲，鱼、虾、蟹、肉样样都会变出来，要什么有什么。"省悟过来的三叔婆连忙抢白道，"就算你是娑婆条，也不及我的金丝猫！""奇怪雕"这么一说，九斤加重了语气，一字一顿地说道，"我的镬铲柄世上少有，前番徽州朝奉想要买，开价铜钿六千吊，我也不愿卖掉。你刚才说你的金丝猫值三千吊，除去猫钱，你还欠我三千吊！"说完，九斤伸出手来，对三叔婆道，"拿来！"三叔婆见说她不过，便耍赖道，"我要是不给呢？你又怎么着？"九斤高声道，"你要是不给，我就到族长太公那里去告状，众人面前，我要把你把偷食猫硬说成是金丝猫来敲竹杠的事抖出来。罚你跪在祠堂里，人人唾骂，众叛亲离，逐出家族，赶离门庭。到那时，你这只'奇怪雕'啊，只好日里沿街乞讨，夜里破庙寒窑，最后倒在大路里死掉，尸体无人认领，野狗拖去吃掉。"九斤连珠炮似的一顿连斥带骂，把个"奇怪雕"难堪得脸上青一阵、白一阵，一句话也说不出来。见平时老是欺侮人的"奇怪雕"吃了瘪，在旁边看热闹的小癞子也是扬眉吐气，这时走上前来，指着"奇怪雕"笑道，"三叔婆，

'奇怪雕'，你这只猫猫的来历我是晓得的。前村姜外婆的黄猫猫，去年生了两只小猫，你是连骗带讨，硬是抓了一只来，哪里会是金丝猫！"见小癞子戳穿了自己的老底，三叔婆气不打一处来，可众人面前又不好发作，于是装着脸，一声不吭。九斤见"奇怪雕"不肯认错，便转头对小癞子说，"小阿哥，麻烦你给我前村后村叫一声，请大家来评评理。"见又有热闹看，小癞子答应一声，便扯开喉咙大声吆喝道，"奇怪雕乱敲竹杠哉——，奇怪雕乱敲竹杠哉——"

这下子，三叔婆慌了神，忙对九斤说，"九斤姑娘，我这勿是金丝猫，你的也不是婆婆条，大家和和掉算哉。"九斤一听，故意拉高声调，"你自己说的噢，你的不是金丝猫，可我的是货真价实的婆婆条。六千吊铜钿拿来！"说着又伸出手来。

一旁的石二佬看在眼里，见三叔婆已经吃瘪，知道这场相骂是讨不赢了。此时站在这里，怕是自讨没趣，于是，乘大家不注意，拔脚就想溜。不想，"奇怪雕"眼睛贼亮，冲着石二佬大声叫道，"哎，哎，哎，石二佬，相骂是你叫我讨的，竹杠是你叫我敲的，事到临头，你倒想溜了！"石二佬回应道，"啊唷，三叔婆，你真是冬瓜扯到豆棚里，这桩事体跟我不搭界的。"三叔婆一听，怒气冲冲地叫道，"你为了讨九斤做媳妇，特意叫我上门来讨相骂、敲竹杠，现在你想赖掉哉？这桩事体你一定要帮我到九斤面前去讨保，否则你也走不掉的。"见三叔婆一吵开，石二佬只得硬着头皮走到九斤姑娘面前，低声说道，"姑娘向来为人很好的，你是不是饶了她这一遭？"九斤轻蔑地回答道，"石二佬，你有田有地，有道有理，自古道，婚姻大事要两好合一好。你却是鬼鬼祟祟耍花招，叫伊来上门讨相骂、敲竹杠，来逼迫我们。今日是你说好了结，我却不肯就此了结。"转过脸去，对三叔婆高声道，"走，我们一起到张家祠堂讲道理去！"这下，把三叔婆真是吓得够呛，她语不成调，颤声道，"九斤姑娘，这次真是我错。你就把我当只乌龟，放放生好哉。"说着，就要跪下磕头。见"奇怪雕"已经完全屈服，九斤便道，"你以后竹杠敲不敲哉？"三叔婆连声说，"不敢不敢，下次不敢了。"九斤加重了语气，"下次再碰到类似的事体，一定不饶了。"

见九斤放了自己，三叔婆转头来找石二佬，"你这个害爹害娘的石二佬，今朝我被你害得牌子倒塌，三十两银子一钱都不能少！拿来！"见众人都在看自己，石二佬恨不得身上长翅膀，早点飞掉，于是口里说着"好说好说"，匆匆离开。见石二佬要走，三叔婆连忙跟上去。转身见旁边的小癞子一脸得意，便恶狠狠地瞪他一眼，嘴里嚷道，"好你个小癞子，你给我当心！"话未说完，因走得急，被脚下的石头一绊，一个踉跄，差点摔到。众人见了，忍不住哈哈大笑。

石二佬、奇怪雕已经走远，后面的笑语声还在响起。

屋舍宽敞，陈设清雅。

何文秀倚桌而读，

王兰英奉茶侍夫。

文秀怜惜娘子旅途劳顿，

劝她好好休息；

兰英只想尽为妻责任，

尽心照料官人。

何文秀

一

张堂出门，常常带着张兴。张兴跟随，得唤上几个家丁。大爷兴起，见到喜欢的女子，而那女子偏不愿意，张兴就得上去抢。有时场面混乱，不多带几个家丁，还真压不住场面，成不了事。碰上性子烈的，非死即伤，就算不死不伤，哭哭啼啼，拉拉扯扯，常常败了大爷的兴致。张堂觉得，以后要是碰上好的，得想点办法，动点脑筋，设个圈套什么的，免得又要动粗。

正这样想着，对面就有一对男女款款而来。瞧其神情，似不是本地人，看那女的，张堂常常首先留意女的，风姿绰约，令人心动。

张堂心想，今儿得施个计谋了。于是把张兴唤到身边，与他嘀咕几句，张兴倒也机灵，很快就听明白了。

何文秀、王兰英夫妇一路颠簸，到得海宁已是疲惫不堪，正准备寻个清静客店，养息几日。谁知刚进城来，就迎面与人相撞。何文秀一介书生，加上不曾留意，差点倒地。那撞人的不仅毫无歉意，居然凶巴巴地动手要打。好在此时，一个富家子弟模样的上来喝住，并且还替那撞人的道了歉。文秀自然不会计较，正欲离开，那富家子弟竟攀上话来。原来此人唤作张堂，父亲在朝为官，乃是海宁城里的显赫人家。文秀报上姓名，自称常州人士，眼下书剑飘零，欲赴京城大比，这番路过海宁，想找个地方小憩。

张堂听文秀讲时，顾自偷觑兰英。见兰英体态婀娜、面容姣好，已生歹意。听文秀欲找店投宿，便热情相邀文秀夫妇到他家中小住。文秀一愣，思想萍水相逢，岂可讨扰。一旁张兴窥知张堂心思，忙上前凑趣，只道公子最喜结交读书之人，在张府住下，便可每日诗文相会。

文秀虽感张堂热情，却是执意不肯。张堂无奈，便推荐前面鹤阳楼客栈，为海宁城内第一清静安适之所。文秀听了，便作别张堂，与兰英径自前去投宿。

文秀夫妇已经走远，张堂兀自色迷迷地在咽着口水。

二

屋舍宽敞，陈设清雅。何文秀倚桌而读，王兰英奉茶侍夫。文秀怜惜娘子旅途劳顿，劝她好好休息；兰英只想尽为妻责任，尽心照料官人。

两人相依而坐，回想过往情景，不觉益发地挨得紧了。

原来文秀乃官宦子弟，父母因遭严嵩及其朋党迫害，含冤而死，只剩文秀孤身出逃，以渔鼓简板说唱道情乞讨谋生，一路流浪，到了绍兴城内。大户人家小姐王兰英见文秀虽系乞儿，却是骨骼清奇，不失书生本色，于是便唤入园中，在牡丹亭内赠银相助。不巧正被王父瞧见，以为秀英竟与花郎私通，勃然大怒，准备把两人装笼沉江，以雪家耻。好在王母知道女儿冰清玉洁，了解事情缘故后，便赠与银两，悄悄地放两人出逃。

文秀、兰英脱身后，途中便结为夫妻。因惧怕父亲追赶，大都抄小道而行，路上更是不敢懈怠，只想远离绍兴而去。辗转到达海宁之前，已东躲西藏、东拐西绕了四个多月。

眼下，两人相商，准备一路北上前往京城，等到大比之时，入场应考。盼只盼文秀金榜题名，位列朝班，一旦大权在握，定要整顿朝纲铲除权奸，申冤雪恨以报父仇。

兰英知道文秀在想些什么，便用手轻点文秀，叫他到时别忘了送上凤冠霞帔。文秀大笑着让兰英等他的喜报。

说话间，门外传来何公子何公子的叫声，原来张堂派管家张兴送请帖来了。

自那日偶遇，张堂几乎每日都来拜访。文秀只当张堂热心，兰英却觉得张堂不甚正经。几次劝文秀不要与其交往，文秀嘴里应了，心里却并不以为然。

此番张兴来邀，叫文秀前去吟诗作文，兰英又劝文秀推辞为好。文秀重脸，觉得张堂屡次相邀，自己却每每拒绝，明日就要离开海宁，今日还是去去为好，也算道谢辞行。

兰英见文秀这样说了，就嘱他酒要少饮，早去早回。文秀一一应了。

兰英一人在店，边缝衣裳边等官人。思想明日再度整装，远涉关山，但愿此行能够云开雾散，得遂凌云之志，到时衣锦还乡，骨肉团圆。不知不觉，天已暗了。

店家掌灯进来。见兰英一人在房，知道文秀到张堂府上去了，便问与张堂是否故交。兰英道只是途中认识。店家听了，不由一愣。兰英见其神色有异，就想探听一些张堂情况。店家却死活不肯多说，只问何时离店。兰英说是明日离店，店家似稍稍放宽了些，说还是早些动身为好，并劝兰英，在家千般好，出门万事难，一举一动总要小心才是。

店家离去，兰英益发地心急。耳听谯楼已是二更鼓了，可文秀还不回来，也不知官人可好？兰英心里不免胡乱猜测起来，想到凶

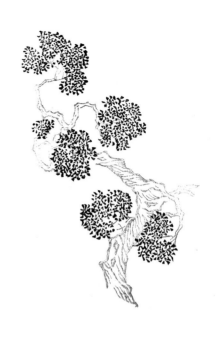

险处，差点哭出声来。可是又没有办法，只好眼巴巴地干着急。时间久了，兰英觉得非常疲倦，不知不觉间倚在椅上慢慢睡去。

张堂把个文秀灌醉，便带着张兴匆匆往鹤阳楼而来。到了门口，张堂便叫张兴在外等着，自己直奔兰英住的客房而去。轻推房门，见里边闩了，张堂便装作文秀口音，轻唤娘子开门。兰英惊醒，以为文秀回来，一阵欣喜，忙把门打开。张堂匆匆挤进，返身便把房门闩了。

兰英抬头，见是张堂，不觉大惊。张堂涎着脸皮，叫小娘子不必害怕，你夫酒醉，小生特来报信。兰英定定神，说声多谢关心，便要张堂回去。此时，张堂色相毕露，只道自那日相见，早已为兰英神魂颠倒，今日你独守空房，冷冷清清，区区正好陪伴。

兰英闻言，厉声骂道，"色胆包天，禽兽不如！调戏良女，该当何罪！"张堂并不以为意，叫嚷道，"父亲官列三台，干爹位居相位，一呼百应，谁敢相违？再说，此时夜深人静，就是叫破喉咙也无人理会。"说着，便开始动手动脚。兰英大怒，见张堂如此无耻，举手就是一个耳光。张堂遭打，怒骂兰英不识抬举，便和身扑上。此时，忽然房门打开，店家举灯进来。张堂一惊，便住了手，兰英慌忙逃出门去。

张堂凝神见是店主，正欲发作，那店家竟先开口问安，只道大爷到此也不吩咐一声，以致小的侍候不周。张堂见兰英已然不见，不觉恼羞成怒，连叫店主滚蛋。

走出房门，见张兴候在一边，便叫张兴赶快去追兰英。张兴却上前问道，"今夜好事不成，那何文秀明日醒来，如何发落？"张堂一怔，眼珠一转，便问张兴，"今晚何文秀酒醉以后是谁在旁侍候？"张兴答道，"小丫头梅香。"张堂一声冷哼，把张兴叫到身边，细声叮咛一番。张兴先是一惊，觑见张堂神色，便忙作恍然大悟状，连声道高。

三

海宁城的解差王德，一脸凄楚。想当初，老年得子，把个王德喜得合不拢口，谁知孩子还未长大，妻子就一病不起。儿子体质不佳，本就多病，经此丧母之痛，益发地孱弱。自己又当爹又当娘的，好不容易把孩子拉扯成人，不曾想，这孩子还是挺不下去，昨日半夜还是殁了。王德想起儿子临终时那无助绝望又无限依恋的眼神，心里就刀割似的痛，眼泪又哗哗哗地淌过饱经风霜的老脸。

自己是这般心境，不曾想，今日押送的杀人罪犯似乎比自己还惨痛。一路行来，年纪轻轻，就羸弱得迈不开步。长吁短叹，泪流满面，似乎藏着无数的冤屈。

王德想儿子还未入殓，等待自己交差回来成殡，见犯人如此慢慢吞吞，不由大声呵斥，"杀人偿命，王法难饶，与我快走！"

犯人一副文弱书生模样，神情几近崩溃，一步一挪，踉踉跄跄。

忽然，远处一年轻妇人叫着官人，赶将上来。原来是为犯人送行话别的。

何文秀见是王兰英，又是大把的眼泪滚了下来。王兰英更是哭成泪人。王德心想，急惊风碰到慢郎中，今日有事，偏遇这等犯人，便欲喝止两人，赶路要紧。兰英见解差不让他们话别，忙转身哀告王德，求大叔让我们夫妻说上几句。王德当差多年，这等场面已是见惯不怪，兀的不肯出声。妇人见王德不曾松口，大哭起来，"大叔，可怜我官人来到异乡蒙受冤屈，今日解往杭州，看来凶多吉少，求大叔让我们夫妻讲上几句话吧。"王德见其这副惨状，也就不忍阻拦，走到旁边石上坐了，让他们夫妻话别。

原来，那夜兰英得脱，蒙店家照应，躲在僻处。今日又承店

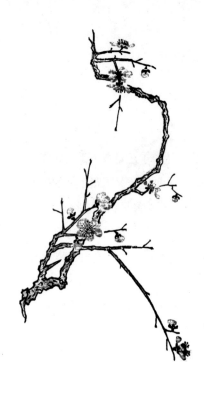

家送信，知文秀已闯下大祸，押送杭城了。于是，急忙赶来。

文秀见了兰英不由痛哭出声，哽咽着把那一日张堂设宴，假施殷勤，把酒灌醉，留宿书房，诿过自己因奸不从杀死丫环梅香，进而绑送公堂，而海宁县不分青红皂白，严刑逼供，屈打成招之事一一说了。

兰英听罢，又气又恨，又是一番痛彻心扉，叹只叹官人太过善良，便把那日夜晚张堂逼奸不成事也一一说了。事情至此，夫妻两人已知全系张堂设计陷害。文秀顿足道，"怪只怪自己错将鸱枭当作凤凰，贼张堂毒如蛇蝎狠如虎狼，黑手遮天，官官相护。此番屈死，实不心甘，就是化作厉鬼也要捉拿张堂。"

兰英见文秀愤恨得几乎昏厥，忙抚慰道，"官人莫急，待我与你同上府衙告状。"此时文秀倒冷静了下来，沉声劝娘子不能再抛头露面，因那张堂奸诈，贼心不死，须谨防羊落虎口。不如赶紧逃离海宁，转回绍兴家去，想来父亲也已明白情由，早已气消，到时陪伴高堂，再觅良缘。

兰英听文秀这般说话，更是心似刀割，不由哀告官人，"你我患难夫妻情真意切，我已有三月身孕，哪里还会另抱琵琶？"

听说娘子有孕，文秀一阵惊喜，想我何家有后了。于是叮嘱妻子定要把孩子抚养成人，教他不忘何家两代深仇。

王德见他们夫妻说得凄切，也动了恻隐之心。奈何时光不早，于是上前劝文秀上路。

文秀夫妇自是又一番痛哭流涕，难舍难分，生离死别。

才走两步，王德开口道，"方才听你夫妻言讲，你是被张堂害的？"文秀闻言，咬牙切齿，把自己如何与张堂相识以及后来之遭遇一一说了。王德虽对张堂恶劣早已知晓，但闻听文秀夫妇冤屈，仍是触目惊心。于是告诉文秀，"昨夜老汉受命押解，那张堂就叫管家张兴送来二十两纹银，说你十恶不赦，狡猾难缠，为绝后患，叫我在途中结果了你。"文秀闻言，直是魂飞魄散。王德劝文秀不用害怕，老汉岂是这等为虎作伥之人。

稍一沉吟，王德道，"我看你夫妻确是冤枉，只是眼前冤狱难平，老汉就放你逃生去吧。"文秀大惊，如此岂不连累大叔！王德沉声言道，"张堂叫我只管将你杀害，两衙自由他作主张，只是他要有尸为证。"文秀一听，又是一惊，那大叔如何复命？

王德平静道，"我儿王察昨夜病故，尚未成殓，衙中也未得知，就将我儿尸体替你顶上。"说到儿子亡故，老汉一阵哽咽。文秀也是一个激灵，连忙上前跪下，"义父在上，受孩儿一拜。"

王德拭一把泪，吩咐道，"如此，你就改名王察，带上这二十两银子，逃生去吧。"

四

杨妈妈在海宁城内开了一家茶馆。丈夫早逝，身边留一女儿定金。妈妈为人豪爽，待人热诚。于是这茶馆倒还富有生气。店里最热闹的是练拳的日子。原来，杨妈妈祖传一身好武艺，不仅女儿定金练了，一班进城的卖花女也拜妈妈为师，每个月里总有几天要来讨教合练。几年下来，这班姑娘也都身手了得，平常三五个粗壮汉子，还不是一个娇小女子的对手哩。

今天又是练武的日子，众姑娘早早到店，先帮妈妈摆放桌椅，担水烧茶。

突然一个年轻女子身背包裹闯将进来。见了妈妈，忙连声哀求，让她躲上一躲。妈妈一惊，忙问出了何事。女子便结结巴巴地说张堂抢我。

原来王兰英与文秀哭别，刚刚上路，那张堂就率人追来。仓惶间兰英躲进妈妈茶馆。

闻听张堂抢人，妈妈恨声道，"又是这个畜生！"果敢地叫兰英躲进柴草堆中，不要作声。

少顷，张堂率人赶到。妈妈假装不知，迎上前去招呼，张堂便问刚才可见一个身背包裹的小娘子到你店里。杨妈妈平静道，"刚才有一个小娘子来过茶馆，只是你追她作甚？"张堂冷笑道，"那是我府中丫环，偷了金银珠宝，潜逃出外。"妈妈应道，"可惜张大爷来迟一步，那小娘子讨杯茶喝，就又匆匆往东面小路去了。"

张堂不信，叫张兴带人搜寻。妈妈高声道，"定金呀，你们都出来了，让张大爷搜店。"定金与众姑娘都走了出来。张堂一见，觉得似乎不会说假，便叫张兴带人往东去追。张堂正欲出门，王德闯了进来，见过张堂。张堂站过一边，王德轻声禀报道，"张大爷，我到处寻你，那何文秀已死，血刀在此。"

兰英躲在柴草之中，近在咫尺，闻听此言，犹如五雷轰顶，一把跌撞出来，惨呼一声官人，便昏倒在地。

张兴一见兰英，惊喜道，"大爷，王兰英在此。"张堂高声吩咐，"带回府去。"

杨妈妈此时已瞅出个大概，见张堂要带人，挺身上前，"且慢。"张堂一怔，还有这等胆大妄为的？目露凶光，反而责问妈妈，"刚才说是无人，现在怎讲？"杨妈妈并不惧怕，"你方才说是府上丫头，既然不是，岂能带走！"

张堂厉声道，"你敢管本大爷的事！"压抑许久的杨妈妈一股豪气冲了上来，"你在别的地方横行霸道，我无法去管。今日光天化日之下，在我茶馆强抢民女，非管不可！"

张堂发狠，叫张兴率人上去抢夺。杨妈妈一声令下，定金与众姑娘一拥而上。张堂、张兴岂是对手，只得骂骂咧咧着四处逃走。

兰英醒来，便把自己身世遭遇与妈妈说了。妈妈与众姑娘听了，也是一番欷歔。兰英见妈妈热心，待己犹如亲生，便认妈妈为义母。

杨妈妈与众姑娘合计，张堂不会善罢甘休。于是就关了茶馆，带着兰英、定金，躲到乡下僻静所在，名唤九里桑园的地方安家去了。

五

文秀逃出虎口，一路往京城而去。待到大比之年，一路凯歌，放榜出来，竟是三名探花。其后，御笔点了巡按之衔，到江南履职来了。

因知张堂势大，文秀怕惊动了不好办案，于是将仪仗卤簿停了，自己带着书童儿微服私访。

一路行来，无论大街小巷，各色人等，说起张堂都是咬牙切齿。更有众多百姓，因女儿、媳妇被张堂抢去，生死不明，而痛不欲生以致失智发疯、各式自尽的，更是令人发指。

这一日文秀上路，见前面一个老妈妈手提重物，一步不慎竟一个跟跄。文秀忙上前去扶，却听老人怨骂道，"短命的何文秀。"文秀一惊，忙问缘故。老人便道今日为了替他做三周年，特地来买鱼买肉，不想差点跌跤，事由他起，不觉怨骂。文秀不解，便问老人文秀是你何人？老人道，"文秀是我女婿。"

文秀闻言，便问老人女儿是谁？老人便道，"何文秀的妻子王兰英是我干女儿，何文秀当然是我的干女婿。"说罢，发觉不对，一个陌生男子问此作甚，恐怕不怀好意。此时，一群卖花姑娘上来，见了妈妈都亲亲热热。妈妈应付几句，就径自去了。文秀欲追上前去，却被众姑娘拦住，"你追妈妈做什么？"文秀无奈，叹息道，"方才听妈妈言道，今日要为何文

秀做三周年，故而打听。"

姑娘中有人问道，"何文秀与你有何关系？你打听作甚？"

文秀压住情绪，"我与何文秀乃同窗好友，多年不见，不想他已去了。今日既逢他忌日，意欲前去灵前一吊，以表故人之情。"

众姑娘见他不像坏人，便把何文秀蒙冤丧命，张堂欲抢兰英而被妈妈救下，收为义女，安家九里桑园之事一一说了。

个中嘴快的又道，"兰英姐已在苦难之中生下一子。"文秀喜道，"孩子应已三岁。"众人应道，"白白胖胖、聪明机灵，名唤何登登呢。"

自此，文秀已知大概，便细心打听路途，众姑娘也都一一说了。文秀躬身道谢，眼里已是噙满泪水，怕众人看见，急往九里桑园而去。

六

文秀心急如焚，一路行走如飞，依照姑娘指点，行过三里，果是桃花渡口；再走六里，到了杏花村边。穿过七宝凉亭，眼前一亮，只见一片桑林分外茂盛，知道便是九里桑园了。

绿荫丛中，散落着十数户人家。文秀推测，竹篱茅舍围得又高又深的，恐怕就是杨家了。

文秀上前，轻推柴扉，却不曾打开。为什么青天白日也把大门关紧呢？文秀意欲一探究竟，无奈窗口高开，够不着呢。灵机一动，文秀搬过一块石头，垫在脚下，终于看得清了。

一间草房，逼仄狭小，上头摆着小小春台，两旁安了已显破残的柴木交椅，炉中三炷清香，正袅袅生烟，桌上放了荤素菜肴。

文秀细看，第一碗是白鲞炖肉，第二碗系油煎鱼儿，第三碗乃香菇豆腐，第四碗为白菜千张，第五碗似酱烧胡桃，第六碗似酱油花生。虽系寻常菜肴，却是精心烹制。旁有白饭一碗，浊酒一杯，筷子一双，文秀知道，果然是为我做三周年呢。娘子情义绵恒深长啊！文秀心头一热，眼泪又止不住地流了下来。

忽然，一声官人，夫啊，把文秀从恍惚中惊醒。原来是兰英捧着文秀灵牌，在叫魂呢。循着声音，王兰英走进草房。泪眼婆娑中，文秀见兰英容颜憔悴，人已益发消瘦，不知这三年日子，娘子是怎么熬过来的。

此时文秀，恨不得冲进屋内，立马与娘子相见。可是，要是惊动了张堂，再要除贼怕就难了。

三年历练，文秀已沉稳许多，知道此时还不是相聚的时候。里边兰英哀哀地哭诉，越哭越是伤心，一下子竟晕了过去。文秀焦急万分，可又不能进去，情急之中，捡起一块石子，扔进窗内。定金闻声而入，见姐姐昏倒，忙唤妈妈进来。

兰英悠悠醒来，仍哭个不止。妈妈劝道，"听女儿说起，那何文秀长得天庭饱满，地角方圆，怎会年纪轻轻就死？三年之前，只见女婿坟堆，并未见到尸体，说不定还在世上呢。"见兰英依然哭泣，妈妈又道，"等有算命的来，替女婿算算命看。"

窗外文秀正不知如何是好，闻言心里一动，不如将计就计，明日再到桑园算命，借机安慰贤妻。

七

兰英勤快，早早起来就在窗下剪纸了。幸喜杨家待我犹如亲生，母子才能平安度日。只是官人沉冤未雪，每日想起，都是悲痛欲绝。

文秀也起了个大早。手执白布招牌，上书善观气色字样，匆匆到九里桑园算命来了。

到了杨家门口，大声叫唤，"测字看相算命啦。"

兰英屋内闻听有人吆喝算命，想起文秀，觉得并无夭寿之相，却是年少丧命，难道真是命中注定？

文秀见不曾有人回应，便施展昔日渔鼓筒板的本领，高声唱道：

命中好来命中坏，
吉凶祸福能料定。
算得准来再付钱，
算不准来不要银。

　　兰英一听，真想为夫算上一命，无奈家境贫寒，度日维艰，
岂有闲钱算命，只好叹息作罢。

　　文秀唱罢，见仍无动静，猛然想起，杨家贫穷，怕是无钱算
命。于是，换上亲切语调，又高声唱道：

我本是京都出来的王先生，
特到海宁来扬扬名。
大户人家叫算命，
命金要收五两银。
中等人家叫算命，
待茶待饭待点心。
贫穷人家叫算命，
不要银子半毫分。
倘若家中有小儿，
先生还要送礼金，
倒贴铜钱廿四文，

送与小儿买糕饼。

兰英一听，觉得这先生说话真是奇了，居然句句打动我心。思想至此，不由上前，准备开启柴门。待要打开，暗道不好，想自己年轻守寡，如果先生是一个年纪轻的，怕会遭受流言飞语。

文秀稍待，见仍无人相应，不由心急起来，又高声唱道：

放声再叫各位听，

我的算命非别人，

冤枉大事也算得清。

听说连冤枉大事也算得清，兰英不再迟疑，忙唤妈妈，有请先生。

杨妈妈昨日正说着要请先生算命，不意今日先生就上门来了，于是忙叫兰英回避，自己与定金唤过先生，请他算命。

文秀坐下，妈妈抬头，觉得这先生有点面熟。文秀怕被识破，忙道自己乃是京城来的，初到海宁。妈妈这才放下疑虑。

文秀问妈妈算的是男命还是女命，妈妈答是男的。文秀便问生辰八字，妈妈不知，进内去问兰英。

兰英自然记得，丁卯年，癸卯月，丙申日，辛卯时。妈妈不识字，连忙用心记了。出来告诉文秀，却只记得丁卯年，癸卯月，什么日，什么时，又有些说不清了。文秀一听，忙接道，"丙申日，辛卯时。"妈妈忙道对对。一边定金也是佩服得紧，"先生真乃神人也。"

文秀暗道，别人的命我不会算，自己的命却是算得清的。妈妈见文秀沉吟，忙告诫道，"先生你可要详详细细、老老实实地算来啊。"定金也作势威胁，"算不准砸你的招牌。"

文秀微微一笑，"我是一不搬假，二不奉承，照命直算。"言罢，唱道：

左造男命二十一，
命属规定说终身。
祖上家业全无份，
自立成家创前程。
出身原是官家子，
父母爱他掌上珍。
上无兄来下无弟，
无姐无妹独一人。
一周二岁娘怀抱，
三周四岁离娘身。
五周六岁无关口，
七岁八岁上学门。

九岁十岁有文昌关，
十一十二倒安宁。
十二算到十七岁，

文秀突然打住，"啊呀，妈妈——"杨妈妈吓了一跳，"做什么？"文秀接唱道，

十七岁上有灾星。

妈妈插话道，"有何灾星？"文秀款款唱道，

十七岁命犯天狗星，
无风起浪三尺深。
朝中奸臣来残害，
害他全家一满门。
只有此命能逃生，

他是穷途落魄去飘零。
可比瞎子过竹桥，
破船渡江险万分。
幸得红鸾星高照，
路逢淑女私赠银。
遇凶化吉脱险境，
意外奇缘结良姻。

妈妈听到这里，拍手叫道，"和我干女儿讲得一点不错！先生，你再算。"

文秀清清嗓子，

十七岁算到十八岁，

"啊呀，妈妈，"文秀又是一声惊呼。杨妈妈又被吓了一跳。

十八岁又逢大难星，
牢狱之灾飞来祸，
人命官司加在身。
命犯小人暗相害，
受屈含冤命难存。

妈妈低声道，"啊呀，先生好像亲眼看见一般。"金定连夸碰到活神仙了。

里厢兰英已忍不住哭出声来。

文秀听见娘子哭声悲切，心中实在不忍。此时又不能说破，只好假作算命来相劝于她。"妈妈，此命还好呀是还好！"妈妈嗔道，"人都死了，还好得出。"文秀唱道，

> 幸亏又遇贵人星，
> 贵人相救得重生。
> 十八过去十九春，
> 独占青龙交好运。
> 今年正当二十一，
> 金榜得中做公卿。
> 目下夫妻可相会，
> 破镜重圆得欢庆。

妈妈以为此乃先生胡编乱造哄骗人的把戏。"想我女婿死了三年，哪有复生之理？"

文秀却不甚理会，顾自唱道：

> 尔等休得不相信，

此命算来一定准。

他命中实在不该死，

如今还在世上存。

　　里边兰英又被触动，再次哭出声来。文秀听见，便问何人啼哭。妈妈便把前后经过一一说了。文秀听罢，问道，"既有冤枉，因何不去告状？"说起告状，杨妈妈真是满腹苦水，把这几年告状无门，反遭板子痛打情形诉说一遍。

　　文秀闻言，益发晓得兰英这几年的不容易了。于是劝妈妈到新任巡按院台前去告状。妈妈以为天下猫儿都偷腥，只怕告了不仅白告，按院的板子反而更加厉害。文秀却继续怂恿道，"一路之上都说这位巡按是个大大的清官，尽管告去。"

　　妈妈闻言，似已触动，略想一想，又叹息道，"只是到哪去写状纸？"文秀忙道，"状纸我会写的，而且笔墨纸砚还是随身有的。"妈妈忙叫定金磨墨，自己定定神，准备一一道来。谁知妈妈尚未开口，文秀竟奋笔直书，不一会儿，一张状纸已一挥而就。定金奇道，"我们还未诉说，先生怎么提笔就能写呢？"文秀闻言，忙掩饰道，"刚才算命，均已算出来了。"妈妈接过状纸，忙叫定金拿去给兰英看，询问写得如何。不一会儿，定金出来，"姐姐连道写得极好。"并递上一双布鞋，说是当年姐夫留下，如今送给先生。文秀接过，心里又是一阵酸楚，几乎把持不住。连忙低头收拾东西，准备离去。

妈妈见先生要走，便过来相送。却见先生留下只鞋子在桌上，还以为是先生忘记了。谁知远处文秀却高声回道，"这鞋子我收下一只，留下一只。"妈妈不解，忙问作甚。先生却是语声欢快，"日后鞋子成双，夫妻相会。"说话间，人已走远。妈妈一愣，以为被先生讨去了便宜，正待叫骂，却见兰英手拿状纸，从屋内匆匆赶将出来，"妈妈，算命先生在哪里？"妈妈不解，"走远了，可有事吗？"兰英急道，"这字好像是我官人笔迹！"

八

文秀回到官船，知道店家、王德俱已找到，随行收集的张堂罪行证据确凿。张堂作恶多端，真是罄竹难书。文秀知道，该收网了。

张堂接到巡按红帖，以为又与以前一样，无非叙叙情谊，同时也让自己意思一把。

于是叫张兴带上三百两银票，大摇大摆地往按院府上来了。

文秀、张堂便在堂上叙话。张堂抬头，觉得文秀似曾相识，于是叫过张兴，让他留意。张兴不以为然，说不定是几年前进京替严大人祝寿之时见过，毋须担心。

　　此时，忽听有人击鼓鸣冤。文秀便道，"何人大胆，竟敢击鼓呈告？"

　　张堂知道，此时告状，多半与自己有些干系，于是想要告辞。文秀却一把将张堂拉住，并请张堂一同升堂理事。

　　张堂平时蛮横惯了，觉得能够一同审理，也可振振大爷的威风，吓唬吓唬乡人，免得他们再敢太岁头上动土，也是好的。于是就爽快地应了。

　　击鼓人带上堂来，正是王兰英和杨妈妈。张堂一见兰英，却是吃了一惊。

　　文秀接过状子，高声念道，"告状人王兰英，状告本城恶霸张堂！见色起性，欲占兰英，自杀梅香，陷害我夫。海宁县官官相护，贪赃枉法，将我夫何文秀屈打成招。解差受贿，旅途中杀死我夫。小女子沉冤三载，申诉无门，求青天大人明察秋毫，明辨罪责。哀哀上告！哀哀上告！"

　　读到最后，文秀已是一腔悲愤。张堂在旁，早已坐立不安。

见文秀问他，忙说学生乃官宦子弟，读书之人，一向奉公守法，安分守己，岂会做出这等事来，分明是刁妇挟嫌诬告。

文秀并不理会，而是先后传店家、王德上堂。

店家、王德此时已不再畏惧，而是据实把张堂罪行一一说了。此时，张堂已吓出一身冷汗，忙道自己也有状纸，说着让张兴把银票呈上。

文秀接过，见是银票，不由一阵冷笑，"张堂，你以为本院乃是三年前的海宁县吗？"

张堂一惊，霍地站了起来。文秀冷笑一声，"你再仔细看看本院是谁？"此时张堂已回过神来，"你……"

文秀强压怒火，沉声道，"我就是三年前，你害而不死的何文秀！"

堂下兰英、妈妈一听，一脸惊喜。

张堂却是脸似死灰，少顷，贼子回过神来，梗着脖子道，"何文秀，我父掌管刑部，义父乃当朝太师，你敢把我怎样？"

文秀毫不畏惧，"王子犯法，与庶民同罪，我身为巡按，执法如山！"

张堂闻言，一声冷笑，"何文秀，你冒名顶替夺取功名，已犯下欺君之罪。我一封快书进京，管叫你丢官削职、性命难保！"

文秀一身正气，拍案道，"张堂，恐吓威逼乃枉费心思，天塌地陷我自会承担。张张状纸俱都告你，天怒人怨，罪孽深重，你身负累累血债，全是铁证如山。王法条条，岂能饶你！"说罢，叫人看过尚方宝剑，下令道，"先斩了张堂，再回京面君。"

话音未落，堂下轰的一声，众人俱是欢喜雀跃，只有张堂已瘫软得似一堆烂泥。

玉林无奈，只好双膝跪下，

手捧凤冠递与秀英。

秀英本对玉林就是好的，

恨只恨他中人奸计，

不明真相就冤屈自己。

如今既然双方父母都在，

玉林已跪地认错，

就在众人的相劝声中收下凤冠。

也算皆大欢喜。

碧玉簪

一

李廷甫做寿，自是高朋满座，胜友云集。

天官府早已是张灯结彩，连门口的两只石狮子也系上了红绣球。

廷甫夫妇坐在客堂，贺客络绎不绝。平时一脸正经的天官大人今天是一脸笑容。如果留意，李廷甫似乎比夫人更注意观察来客情况，特别是带着子侄前来拜寿的。李大人常常会多打量一下这些青年才俊，看看有没有特别出类拔萃的，要知道女儿秀英尚待字闺中呢。

秀英来了，今天是正日子，女儿也来给父亲拜寿。

顾文友也给姑爹拜寿来了。文友当然也是一表人才，且生得风流倜傥。李夫人扶起娘家侄儿，便叫女儿见过表哥。秀英十分文静，轻施一礼。那厢文友见秀英美貌，酥了骨头，竟轻浮地向表妹递了一个媚眼。秀英见了，心里不由得有些起腻。

外面管家李兴高声宣道，"王大人、王夫人与公子到。"

廷甫一听，知是王年兄来了。

王裕夫妇见过廷甫，扭头便叫儿子玉林拜见年伯大人。

王玉林上前跪下，磕头施礼。廷甫见玉林长相俊朗，不由一阵欢喜。于是冲王裕道，"久闻贤侄才高学广，意欲烦贤侄代作对联一副，不知肯俯允否？"王裕知是有意试试儿子才情，不由朗声笑道，"恭敬不如从命，我儿就在年伯面前献丑一番。"

听见这边声响，正走向内室的秀英不由停住脚步，侧身站在廊柱之后，回头见一书生正陪父亲说话。此时，恰好玉林回过身来，秀英见书生仪表非凡，不觉有些喜欢。

顾文友已看出姑父十分欣赏玉林，心里一阵懊丧。见玉林临纸而立，稍一沉吟，便书成一联，堪称佳构，益发生了妒意。虽然没有当场发作，脸色却已十分难看。

秀英走到后园，见满园鸟语花香，也是心情大好。坐在秋千架上，沐浴煦暖阳光，一阵笑意漾上美丽的脸庞。

"小姐，快来看，"春香大声嚷着从外面跑进园里，见秀英起身，便把一副对联摊在园中石桌之上。秀英上前，觉得确实文意、书法俱佳。春香、翠环两个丫头，见秀英赞好，竟笑了起来，"贺喜小姐！"秀英不知，"喜从何来？"翠环嘴快，"小姐，老爷、夫人看中王公子才貌双全，已把小姐终身许配他了。这副对联就是王公子写的。"秀英一听，知王公子就是刚才所见的白面书生，不由一喜。

抬头却见父母陪同王裕夫妇正步入园内。母亲见秀英站在一边，忙唤她过来见过王母。秀英知道这就是未来的婆婆，不觉羞红了脸。王母却拉着秀英的手，亲热地打量，见秀英容貌秀丽，体态娴静，不由一阵窃喜，好媳妇啊！

二

眼看吉日良辰将近。

秀英正在闺楼绣花，一对水灵灵的并蒂莲已经呼之欲出。忽然，窗外树枝上几只喜鹊发出欢快的叫声，给幽静的绣房平添了几分喜庆。

玉林正在书房执卷而读。不知怎的，今日总是静不下心来。读了下句，常常忘了上句，眼前晃来晃去的都是大红花烛。玉林心中有喜啊，李公青眼有加，许配佳人，招为东床。灯花高烧，报的是佳期近矣。

顾文友正好相反，人在书斋是坐立不安，目露凶光，一脸阴沉。"我有心栽花花不发，他无心插柳柳成荫。真是可恨！想我表妹即日就要出阁，若不拆散这段姻缘，如何能消我心头之恨！"最后几字，一字一字从牙关中咬将出来。说罢，转过身来，厉声道，"孙媒婆，平日你诡计多端，今日怎么一个办法都想不出来？"原来孙媒婆坐在暗处，刚才顾文友已和她计划多时。

媒婆听出文友不悦，便打起哈哈，"哎呀呀，顾公子啊，你不要怪我不肯出力，想那李秀英乃是天官府千金小姐，这事情要是办得不好，叫小女子哪里吃罪得起呀！"顾文友又气又恨，早已丧失理智，"你怕什么，一切有我担当！"媒婆闻言，嗯了一声，又不再言语。顾文友一顿，已知媒婆心思，于是从袖中摸出一锭纹银，递与媒婆。媒婆见是银子，一把抓在手里，已是眉开眼笑，忙侧过头来附在顾文友耳边，窃窃私语一番。文友一听，脸上浮起一阵阴笑。

三

· 好日子终于到了。李夫人心情却是十分复杂，女大当嫁，而且选得乘龙快婿，自是一喜。但做娘的知道，女儿性情刚烈，平常在家，父母视若掌上明珠，自小任性惯了，此番嫁到王家，毕竟与在家不同，怕就怕女儿受不了委屈，弄出事来。于是，上轿之前，拉过女儿，准备细细叮嘱一番。

　　娘儿俩坐在一起，看着女儿略带稚气的俊美脸庞，夫人心里不免又生出些许忧虑。女儿是娘的贴身小棉袄啊，眼看就要为人媳、为人妻，不在娘的身边了。夫人想到这些，忍不住流下泪来。秀英见娘这般神情，自然也舍不得离开娘亲，双眼也是盈满泪水。"儿啊，你自幼熟读《烈女经》、《女儿经》，这三从四德可得记在心里。平时孝顺公婆、敬奉夫君，你万事忍耐休要任性啊。"说到这里，又一阵哽咽。秀英靠在娘怀里，啜泣着点点头，"女儿记下了。"

　　见众人都在忙碌，孙媒婆乘为秀英梳妆之便，偷偷把妆盒里一支碧玉簪藏在袖子里。园里顾文友已等了一会，见孙媒婆匆匆赶到，知道东西已经得手，于是从袖内掏出信来，把碧玉簪放进信封，再递与媒婆。两人相互会意，点一点头，便匆匆离开。

四

待亲友散尽，送入洞房，已是二更时分。王母见时间不早，把新人安顿好了，便带着丫环、孙媒婆下楼去了。走到楼下，媒婆乘人不备，又匆匆上楼，见四处无人，就从怀中取出书信，放在门口，又急忙下楼去了。

人逢喜事，玉林心情大好。耳听谯楼已报三更，回顾房中，见诸人俱已不在，就忍不住上前仔细端详新娘花容。秀英独坐床前，此时心里怦怦地跳。见玉林过来，早已羞红了脸。待到郎君近前观看，一双水汪汪的大眼睛也是春波荡漾。玉林见状，不禁叫出声来，"妙呀！果然是天姿国色，容颜秀美绝伦，好似嫦娥下凡呢。想我玉林配得名门之女，也算三生有幸。有朝一日功成名就，定要亲送凤冠霞帔，也不负娘子一片钟情。"

抬头见门尚开着，便过去关门，准备与娘子歇息。走到门口，却见门槛上有一封书信。玉林奇道，"怎会有信在此。"说着便捡起书信，"顾文友表兄亲启！"玉林一怔，"顾文友乃她的表兄，此信怎会落在这里？"见信未封口，便打开来看，且见信中有一枝玉簪！

> 文友表兄如面：自幼青梅竹马，兄妹情深谊厚。犹
> 忆中秋一别，盛情常记心头。只盼月老牵媒，恩爱共谐

白首。哪晓事违人愿，严命另配鸾俦。无奈嫁到王家，岂肯得新忘旧。玉簪一枝，聊表心意，藕断丝连，情意难丢。若问重会之期，满月回门聚首。李秀英敛衽百拜，敛衽百拜。

玉林读罢，想那顾文友似在拜寿时见过，当时酒筵席上，曾坐一桌，顾文友对我冷眼相向，满面不悦，原来这姑表兄妹，青梅竹马，竟有儿女私情。既有玉簪为凭，还会有假？思想至此，一腔热血涌上心头。玉林怒道，"我只道她是冰清玉洁名门之女，谁知她竟是个伤风败俗的下贱女子。李尚书啊李尚书，你枉为尚书却少家教。我王门素有清白名声，玉林更是人穷志不短，这等奇耻大辱岂能忍受！"

玉林返身欲找秀英理论，可刚走两步，忽然想到，如此一来岂非把这丑事张扬开来，反而有辱门庭。是的，倒不如到堂上禀告爹娘知道。撩起衣衫，玉林快步下楼。

刚至堂前，就闻室内传出父亲的一阵笑声。玉林连忙止步，原来是父母正在说话，"夫人啊，李亲家如此厚待我家，如今还保举我上京为官。夫人呀，我去家以后，你与玉林可要好好看待媳妇啊。"玉林闻言不由一怔。耳边又听母亲言道，"哎呀，媳妇有才有貌，老太婆欢喜还来不及，你尽管放心好哉。"接着又是父亲的一阵笑声。

此时，玉林心沉了下来，我若进去禀告，怕是要伤了爹娘的心了。踌躇片刻，玉林狠一狠心，恨声道，"也罢！我不妨暂忍怒气，自回书房歇息，这夫妻之情也就无从谈起了。"

这边秀英真是天可怜见。新婚之夜，红烛高烧。刚刚还是笙歌弦乐，刚刚还是贺喜声声，刚刚还是众星拱月，刚刚还见新郎连声赞叹，转瞬之间，却是孤身独坐，无人问起了。

秀英忍不住站起身来，甩目四顾，新房之中却是冷冷清清，也不见官人到哪里去了？秀英暗道，"想必他到厅上伴坐亲友去了？可喜宴已罢，宾客已散，何需再陪？想必他到父母堂前受教训去了？可洞房花烛，良宵苦短，明日再聆也未为迟，非要今晚？想必他在筵席之上饮酒醉了？可听他刚才应酬，言行得体，何曾有醉？想是他身体不爽有欠安宁？可那就该早些歇息，为何离去？"秀英左思右想总是不解，心里益发忐忑不安。耳听谯楼打起四更鼓来，秀英的眼泪涌了出来。

玉林独坐书房，仍是怒气不息。遥想那日，自己一纸寿联展露才情，她父亲席前当面许下婚姻，我只道此乃尚书爱才择了佳婿，谁知竟是陷害于我。怪不得十里红妆，良田三百，白银千两，陪嫁特别丰厚，原来他是施了甘饵，诱我吞钩。似这般恶毒心计实在太过可恨！有朝一日，我功成名就，定要另娶淑女再配良缘。思想至此，玉林竟连声痛骂。

秀英又困又累，实在支撑不住，可又不敢上床去睡。耳听得已是五更时分，不觉东方既白，良宵就这样过了。秀英想哭又不敢哭出声来，一串串泪珠无声地滚过脸颊。

五

王母这几日心情大好。媳妇有才有貌，有道有礼，多少贤惠。要是来年生个大胖儿子，老太婆真是要高兴煞哉。思想至此，又给供奉的观音新上炷香。回头见一丫环匆匆走过，似是新媳妇房里的春香，于是连忙高声喝住。

春香见老夫人叫她，赶紧过来叩见。王母连忙搀起，轻声问春香道，“小姐待姑爷可好。”春香闻言，脱口道，“小姐待姑爷自是好的。”王母转而又问，“姑爷待小姐呢？”春香一听，不觉气道，“姑爷……”话到嘴边，又停住不说了。王母一愣，“小丫头，阴阳怪气，吞吞吐吐，到底好不好啊？”春香一听，恨声道，“老夫人，不是我春香搬弄是非，姑爷待小姐可说不上好。”王母惊道，“说不上好？”春香鼓起勇气，“自从成婚以来，姑爷他，还没有上过楼呢。”说到这里，春香小脸涨得通红。王母沉吟道，“听侬说来，小两口还未曾同过房咯？”春香点头应是，想起小姐每日煎熬，双眼已噙满泪水。王母气道，“阿林呢，阿林，侬真是昏了头了。”回头吩咐春香，“侬去给我叫伊出来！”春香答道，

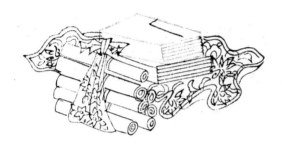

"老夫人，书房里我不去。"说着，脸露惊惶之色。王母又是不解。春香委屈道，"老夫人，你不知道，方才我到书房请姑爷上楼，话还未说几句，他就怨骂不止。要是现在再去请他，说不定还要打我呢。"王母惊道，"啊？还要打侬？"春香道一声嗯，泪水又在眼眶里打转。王母怒道，"小畜生，倒变得介凶哉。春香侬上楼服侍小姐去，老太婆自家去叫。"

六

春香上楼，把刚才情形告诉小姐。秀英听罢，埋怨春香不懂事，竟去惊动婆婆。春香哽咽道，"小姐，姑爷不肯上楼，而你又整夜不睡，如此下去，如何经受得起？"秀英一听，也红了双眼，"春香，你先去睡吧。"春香哭道，"小姐不睡，我也不睡，我要陪伴小姐。"秀英正欲开口，听得外面楼板声响，显是有人上楼。

春香忙迎出门去，见是夫人、姑爷，忙高声通报小姐。秀英一听，赶紧起身迎接。王母满面笑容，玉林却一脸寒霜。

王母见状，斥责玉林道，"读书读书，读昏头了。媳妇有道有礼，你还不上去还礼。"见玉林兀自不动，只好打着哈哈，冲秀英道，"好媳妇，阿林是个书呆子，不懂道理，看在婆婆面上，不要生气。阿婆下楼去哉。"原来王母只因两人至今尚未同房，特把玉林强拉上楼。秀英见婆婆要去，忙上前相送。一旁玉林也连忙跟上。王母见状，回道，"不要送，不要送。"玉林乘母亲和秀英说话，竟欲溜走。王母一见，一把拉住。玉林无奈，只得留下。

王母出门，顺手把门带上，玉林一见，大声嚷道，"母亲，你关门可不要上锁啊！"王母一听，应道，"本未留意，你倒提醒我了。"说罢，便反身将门锁上。

玉林无奈，只得在房中坐下。随手取书来看，见书中文句，不觉念出声来，"家有贤妻夫少祸，孝子贤孙积德多。"思想自己虽娶一名门之女，美貌之妻，奈何德行低下，真是令人恨煞。

秀英见玉林独坐一旁，一副拒人于千里之外的神情，心里凄凉极了。尤其令人伤心的是，不知这冤家这般模样，到底是为了什么。新婚燕尔就内心不欢，每每欲言不语，频频叹息，难道是嫌我秀英容貌丑陋，难以与他这等才郎相配？难道是嫌我嫁妆太少，还是另有意中之人，并非属意于我？秀英心想，我这里胡思乱想费尽猜疑，怕也是枉费心思。事到如今，不如鼓起勇气，上前打问。于是，秀英手托茶盏，迎上前去，柔声道，"官人，请用茶。"

玉林却是装作没有听见，一副凛然不可侵犯之势。秀英心头一沉，意欲退回，无奈究竟已是夫妻，这样下去毕竟不是办法，于是强打精神，益加柔声，"官人哪，你心中有什么不快的事情，可否与为妻说个详细？"玉林闻言，勃然大怒，霍的一声站将起来，抬手就把秀英手中茶盘掀翻，哐当一声，茶盏落地，跌个粉碎。此时秀英，又惊又怕又气又恨，再也忍不住满腹委屈，放声哭喊，"娘……娘啊！"接着是一阵掩饰不住的啜泣。

门外，春香怕小姐委屈，正蹑足偷听，闻得小姐哭泣，早已是满面泪珠，可又不好出声。

是啊，春香又能如何呢？唯流泪而已。

清晨，王母上楼，刚把门打开，玉林便一个闪身，溜下楼去。王母心道，"玉林到底年轻，昨夜洞房，今日见娘，还怕难为情呢。"思想至此，不禁又吟吟而笑，老夫人盼着抱孙子呢。

七

终于到了满月之期。秀英可以归宁了。秀英自是一身红装，玉林却是旧日衣衫。王母奇道，"今朝媳妇满月归门，阿林啊，侬为啥不换件衣裳？"玉林一脸不悦，"孩儿不去。"王母益发吃惊，"为啥不去？"玉林支吾道，"没有扇子，不去了。"王母见玉林小孩脾气发作，不觉笑出声来。秀英闻言，心里一松，忙吩咐春香，把房中沉香扇拿来。春香急忙上楼。谁知玉林接过扇子，一脸不屑，"扇子虽好，可惜骨子太轻！"竟一把撕碎。秀英见状，真是透心凉了，眼泪又涌了出来。王母见儿子这般行径，也是气得不行，但此时又不便发作，只好斥骂玉林几句，劝秀英一个人回去好哉。秀英知道如果自己顾自回去，这冤家不知会做出何种事来，于是，哽咽道，"婆婆，官人不去，那媳妇我也不去了。"王母急道，"媳妇，李家只依一个女儿，满月不回门，害得做娘的放心不下的。阿婆做主，依尽管回去，娘家屋里待个半年回来好哉。"抬头看天时不早，又连声劝道，"辰光不早，快点动身。"

秀英虽归心似箭，可看眼前光景，又如何能够动身，于是带着哭腔回道，"婆婆，待媳妇写信一封，回禀母亲，改时再去。"

王母闻言，知是委屈了媳妇，而媳妇又如此贤德，也是心头一酸，柔声道，"好媳妇，阿婆做主，依尽管放心好哉！"说罢，高声道，"春香，叫王甫备轿。"秀英这才含泪上轿。

见秀英离去，玉林在书屋独自发恨，"若问重会之期，满月回门聚首，"想想信中词句，玉林更是妒火上升，心头一阵刺痛，"对了，这贱人今日回转娘家，分明是与顾文友有约在先。"思想至此，眼前秀英窈窕体态、娇美面容和顾文友一副富家子弟好色面貌交替出现，玉林恨得不能自制，"这一下岂不是得其所哉，倒便宜了这个贱人！"

八

　　小姐归宁，李府阖家喜气洋洋。夫人见了秀英，一把搂住。秀英颤声叫道，"母亲。"夫人也带了哭腔，"秀英。"秀英抬头看娘，一月不见，似消瘦了些，忍不住心头一酸，"娘。"李夫人更是大吃一惊，想女儿出嫁不过一月，竟瘦削得不成样子，似换了个人一般，哭叫道，"我儿。"

　　众人在旁，见娘俩这般模样，都暗暗垂泪。一旁春香更是泣不成声。

　　好一会儿，大家才渐渐打住。此时，夫人发现女儿竟是独自回门，吃了一惊，"为何不见玉林贤婿同来？"秀英心头一沉，忙掩饰道，"官人与同窗好友会文去了，故而未来。"见母亲不悦，忙施礼道，"噢，官人要我在母亲面前代为问安告罪。"夫人闻言，也就释然，"儿啊，一月不见，你瘦多了。今日回来，为娘高兴得紧，儿啊，快随为娘进去。"

　　秀英随娘走进内厅叙话。外厢顾文友悄声过来。李兴见了，忙上前问安，"表少爷。"文友装是乍然见了，"噢，李兴啊，小姐回来了？"李兴垂手道，"是。"文友似乎漫不经心，"姑爷呢？"李兴平静道，"有事没有来。"文友一听，心中窃喜，脸上却不曾流露出来，"噢，小姐现在哪里？"李兴道，"在后厅与夫人叙谈。"顾文友吩咐李兴下去，见四下无人，便蹑足到后厅偷听。

夫人与秀英正挨坐一起，互道别后情形。秀英心中纵有千般委屈，此时也只能掩饰不语，无奈满脸神情，却是一脸忧郁。知女莫若母，夫人自是看在眼里，"儿啊，分别一月，今日母女相会，你为何不见笑容反倒皱起眉头来了。娘看你是精神萎靡面容憔悴，莫非我儿有什么难言之隐。"

秀英郁郁寡欢，但口里仍言道，"女儿无有难言之隐。"夫人自是不信，不由问道，"莫不是年老婆婆亏待于你？真要有的，女儿你也要能够忍耐得住。"秀英忙答道，"婆婆待女儿乃是好的。"夫人又猜测道，"莫不是你夫妻殊少恩爱？女儿啊，你可要向为娘说出来啊。"秀英一听，自是捅到了心中痛处，眼泪一下子涌了出来，可嘴里硬是不肯说出真相，"那官人待我也是不错的，我们是形影相随不愿分离呢。"说着说着，眼泪像断了线的珍珠。夫人瞧出了个中异样，于是忙唤过春香，询问道，"小姐嫁到王家，王夫人待小姐可好？"春香自是与小姐一般口吻，"老夫人待人十分好的。"李夫人紧逼一句，"那姑爷呢？"春香一怔，"姑爷他……"夫人一听，个中似有蹊跷，不觉提高了声音，"嗯？"春香忙应道，"也是和蔼的。"话中已带了哭音。夫人以为春香害怕，于是平静了些，"既然如此，你小姐面容为何这样地消瘦？"

"这……"春香答不上话来，一旁的秀英忙向她递个眼色。"想是初到王家，饮食不惯，起居不便的缘故，"丫环乖巧，竟接上了话头。夫人听罢，轻声言道，"原是饮食不惯，起居不便吗？"秀英忙娇声唤道，"母亲。"李夫人回过神来，"儿啊，你此番回来，在娘身边多住几日，有为娘照顾，好好养息身体。"说罢，高声吩咐春香，"叫前厅开席。"春香正欲起身，李兴门外报道，"启禀夫人，姑爷差人前来求见小姐。"

原是王府家人王甫奉公子之命送来书信一封，"请少夫人亲自拆阅。"李夫人见状，不觉奇道，"儿啊，想你刚到娘家，贤婿怎么就有信来了！"秀英也是一惊，忙拆书阅观。

函知李秀英，你今日回转娘家门，我要你原轿去原轿回，不许留宿到天明。如若今日不回来，你从此休想进王门。

秀英读罢，眼前一黑，气得差点昏厥倒地。夫人在旁见女儿神色大变，连忙问道，"儿啊，贤婿书信到来，为了何事？"

这一问，把个秀英问得泪流满面，哽咽不止，"母亲……官

人来信非别，因婆婆年老，无人侍奉，官人读书，要我做伴，故
而叫女儿随轿回去。"

　　夫人大惊，"哎哟，儿啊，你今日回来，多则几月，少则半
月，哪有随轿回去之理！哦，待为娘修书一封，叫贤婿也来同住
就是了。"

　　秀英忙阻止道，"母亲，既是官人书信来到，想必家中定有
要事。母亲今日放女儿回去，改日再来侍奉娘亲。"

　　夫人闻言，不由怒道，"儿啊，你嫁到王家只有一月，难道
就只有你婆家，没有我娘家了吗？"

　　秀英闻言，终于哭出声来，"娘，并非女儿不孝，都只为官
人在家等我，我夫妻恩爱做伴，由我送汤递茶方称他的心啊。"

　　见女儿哭得伤心，李夫人也觉得刚才话重了些，"你夫妻恩
爱为娘很是高兴，只是你随轿回去，也太不近人情。秀英啊，你
陪伴为娘住上几日，到时我亲自送儿到王门，如此可好？"秀英
一听，真是又感动又心急，无奈，只得坚持道，"母亲，你今日
暂且放儿回去，我改日再来看望娘亲。"夫人闻言，不觉心头一
堵，于是加重了语气，"哪有女儿满月回家，当日回去的道理，

要是被乡邻知道了，不说你女儿不孝，要怪为娘的不好啊！"见女儿一脸凄苦，李夫人柔声劝道，"为娘只留你住一宿，明日我一早送儿回去，可好啊！"秀英急道，"母亲……母亲，你既然要放女儿回去，又何必再留女儿住宿一宵呢。"

李夫人强压怒火，"如此说来，为娘连留你一宵都留不住？"秀英满腹委屈，可又不能明说，"母亲，女儿今日不回，只恐夫妻失和……"夫人一听，终于忍耐不住，"噢，留你一宵，就要害你夫妻失和？"秀英一听，知道母亲生气，忙想解说。夫人哪里还按捺得住，"如此说来，你一定要回去？倘若为娘今日病死在床上……"秀英哭将起来，"母亲……"李夫人盯着秀英，"难道你……你也要回去不成？"说着眼泪就掉了下来。

秀英闻言，真是五内如焚，满腹凄苦，拉长了声音，"母亲，娘！"跪在地上，哀哀哭诉，"娘啊，女儿是娘亲生来娘亲养，有长有短总好商量。女儿若有事做错，娘啊，你也肯来原谅。女儿嫁到王家只一月，那婆婆虽好怎比得堂上我的亲生娘。我夫妻虽然也恩爱，怎比得亲娘你能知儿痛痒。夫妻失和儿受苦，还要怪你娘亲少教养。娘啊娘，你今日放儿回去，到来日，我双双对对来望你亲娘！"夫人见女儿哭得伤心，也是哽咽得不成话语，"儿啊，非是为娘不肯放你回去，你可知道，自从你嫁到王家，把为娘想得好苦啊。"秀英闻言，哭得更加伤心。夫人上前，搀起女儿，忍不住痛哭出声，"儿啊，为娘养儿十八春秋，母女相伴从不分离。自从我儿出嫁之后，娘在家中是冷冷清清。好不容易盼得我儿满月归来，谁知你养育之恩俱已忘却干净。我连留你一宵都留不住，你说叫娘痛心不痛心啊！"此时秀英，真是肝肠寸断，可那狠心冤家书信相逼，而个中委曲又不能与娘细说，于是只得硬着心肠，"娘啊，你今日放儿回去，我日后再来报答娘恩！"此时，夫人已是失望之极，"为娘说了半天，你还是要回去？"秀英望着母亲极度失望、十分哀伤的面容，大滴眼泪又掉个不止，"……春香，打轿。"春香在旁，早已哭成泪人，此时，虽知小姐定有极度为难之处，忍不住仍上前劝阻小姐，"小姐，我们不要回去了吧。"秀英摇了摇头，仍坚持道，"打轿。"夫人瘫坐椅上，已是有气无力，"也罢！你要回去任凭你回去，譬如为娘当初不生……"秀英闻言，又是大恸，"母亲！"夫人摆一摆手，"当初不养！你……你就回去吧！"秀英走到娘的身前，哑着嗓子，啜泣道，"母亲，这都是女儿不孝。母亲在上，女儿拜别！"

李府内外，竟是一片掩抑不住的哭泣声。归宁之日，本是阖府喜色，谁能想到呢？

王玉林倒是自有计算，"我要她原轿而去，原轿而回。如今看来是得其所哉，不回来了。那我就写下休书一封，把她休了！"

于是磨墨抻纸，准备动笔。门外，王甫高声宣道，"启禀老夫人，少夫人回来了。"

玉林一惊，"她怎么竟然回来了！"

少顷，母亲走入书房，玉林忙上前施礼。王母一脸不悦，"媳妇回来哉，上楼去！"玉林应道，"孩儿不去！"

王母终于大怒，"活畜生！做娘的叫侬和媳妇一同回去，侬不去。伊回去哉，侬又写信叫伊回来。伊回来哉，侬又不肯上楼。侬到底想做啥？侬讲？"

玉林竟不以为意，"孩儿读书要紧。"王母气得嗓音高了三分，"读书，读书，道理不懂，还读啥个书。去！娘陪你上楼，到媳妇面前去赔个礼。"

玉林依然倔强道，"孩儿不去！"王母一把拉住玉林耳朵，"啊！侬个活畜生，屋里厢侬做主，还是我做主，侬到底去不去？"

玉林无奈，只得上楼，心里却是一百个不情愿。

八

嫁进王家已有一月，秀英坐在房内，依然怯怯生生地很不自在。

玉林大马金刀坐在一旁，依然一副拒人千里之外的架势。每每见到秀英娇美的面容，俏丽的身影，玉林心里就一阵刺痛，"人在王家，心有别寄，美貌于我何涉？"玉林压住怒火，恨恨不已，"今日贱人回转娘家，早已约下私情相会，本以为只要留家住宿，即使一宵，我就一封休书将其打发。谁知果真原轿去原轿回，倒使我留也难来退也难了。"

王玉林心头一阵烦躁，不觉暗暗咬牙，"贱人呀贱人，像你这样不贤不德下贱女子，有何面目嫁到我王家来呢！今夜不妨再忍雷霆之怒，坐等天明再作道理。"主意已定，便静下心来，不久，竟靠在桌上沉沉睡去。

秀英在旁，见玉林发出轻微鼾声，知冤家已经睡着，方才感觉自然了些。此时耳边传来谯楼鼓声，知已是二更时分。秀英想自己嫁到王家这一月时光，真好比口吃黄连苦在心里啊，纵有满腹委屈又向谁诉呢？

刚才婆婆拉他上楼，本以为夫妻从此可以和睦，谁知他又怒气冲冲独坐一旁。他是不理不睬恶摆布，我是不明不白受委屈。看来婆婆是枉费心思，我与他今世夫妻是难以和睦了。

思想到此，秀英顿觉一股寒意从心头升起，眼泪又扑簌簌地掉了下来。

此时，远处谯楼鼓响，知已是三更天气。夜深人静，寒意袭来，秀英忽觉浑身一颤。看那冤家，睡得正酣。可观其身上衣衫单薄，漫漫长夜，怕是要受了寒。秀英心想，若是上前唤他安寝，冤家怕是不见好意反而招恨。若是不去管他，要是受了风寒成了疾病，又怎能令人安心。秀英有些急，几次起身几次坐下，

不知如何是好。忽然秀英看到架上今日回门穿过的大红衣衫，心道，何不取衣与他盖上，也可免其受凉。

秀英取了衣裳，正欲近前，见玉林虽在梦中，竟仍是一脸怒容，不觉停住脚步。想冤家平日见我犹如仇人，此番欲为其盖衣，竟也恐惧得很，让人不敢上前。秀英心头一酸，心说，自己并未错待于他，他又何以视我为眼中钉呢？似这般负心汉子，哪里还有夫妻之情可言？

秀英正欲返身回转，见玉林忽然一阵颤抖。秀英想起婆婆待己，确如亲生一般，贴心得很。王家只此单丁，要是冤家冻坏了身体，婆婆岂非急死？秀英又走上前去。待走近了些，看到玉林虽是睡了，依然一副蛮横样子，不觉又发起恨来。想自己自从嫁到王家，一向礼仪周到，并无过错。谁知这冤家无缘无故视己若寇仇。想今日乃满月之期，理该回家与娘亲团聚，也不知这冤家安了什么心肠，竟要我原轿去原轿回，害得我母女痛哭而别。世上哪有这样不通情理之人？想爹娘待我珍如拱璧，而冤家却当我是路边杂草。既如此，我还是将衣衫收入箱笼，冻他一宵也是该的。

秀英折叠起衣衫，正欲打开箱笼，耳边忽然想起于归之期娘的教训。母亲再三教我要孝顺公婆，敬重丈夫。今夜天寒，如若不与衣盖，旁人知道，岂非骂我礼仪不周，进而责怪父母养女不教？思想至此，秀英轻声啜泣起来，"爹娘啊爹娘，于礼自应与他衣盖，视他待我又岂愿照拂于他。娘啊，女儿进退两难，叫我如何好呢？"想起今日母女之别，两人相拥而泣情形，秀英和泪轻唤道，"娘啊娘，可记得那日父亲做寿，母亲你上楼报喜，说道已将女儿终生许配，实乃郎才女貌喜结鸾俦。说玉林这也好那也好，道玉林貌也好才也高。女儿闻言虽是口不能应，内心也是一片欢喜，但愿洞房花烛早日来到。谁知进了王家，诸事颠倒，夫妻似仇情义寡薄。自出娘胎十八载，这样的苦处叫人如何忍受得了！天啊，"秀英低声泣诉，"究是爹娘错配婚呢，还是我秀英命该如此？"

此时，谯楼鼓响，已是四更时分。秀英抬头，见冤家冷得浑身颤抖，心想若不与他盖衣，坐到天明，如何受得。心道，"你虽无夫妻之情，秀英待你却是一片真心，"于是轻声上前，将衣衫与他盖了。

见玉林不再发抖，秀英觉得心安许多。靠在榻上，竟也慢慢睡去。

玉林醒来，见天色已明，便欲起身，忽见身上衣衫，一股怒火冲天而起。因不知这衣衫究系何人所盖，于是强抑怒气，沉声唤醒秀英。秀英醒来，见玉林已然起身，忙立起身来，轻声唤道，"官人。"玉林并不理会，径自问道，"这件衣衫，可是你替我盖的？"秀英以为丈夫心有所感，故而问起，于是应道，"是啊，是我盖的。"玉林厉声叫道，"盖得好！上来有话。"秀英不知究竟，便移步上前。

门外，王母、春香见时间不早，便上得楼来，才知刚把门打开，竟见玉林一个巴掌把秀英打倒在地，嘴里还高声斥骂，"贱人呀贱人，你把女人衣衫盖在我的身上，要想害我一世功名不得成就！你好狠的心肠！"秀英倒在地上，已喘不过气来。春香一声惨叫，扑上去看小姐。王母一声断喝，上去拉扯玉林。玉林见状，顾自侧身下楼，嘴里仍是骂个不休。

好一会儿，秀英才缓过气来。看见王母，有气无力地叫了一声婆婆，苍白的脸上大把眼泪滚过。

九

眼望秀英离去，李夫人是肝肠欲断。回想女儿憔悴之极的身形，有口难言、欲言又止的神情，李夫人更是一夜未睡。知女莫若母，夫人知道，女儿肯定是心中有莫大的委屈，只是碍于什么理由而不肯吐露罢了。

第二天清晨，天还未明，夫人就早早起来，准备停当，匆匆到王家探望女儿来了。

　　才过一夜，女儿似乎又消瘦了些。红肿的双眼，疲惫的神情，原来健康活泼青春靓丽，此时却是有气无力，几乎站立不住。看见女儿这般光景，李夫人眼泪犹如断了线的珍珠。依偎在母亲身边，感受着母亲的温暖，秀英才从惊恐不安中平定了些。

　　王母领着玉林进来了。玉林明显很不情愿，只是在母亲的催促声中，才上前见礼，"拜见伯母。"

　　李夫人早已从春香口中知道玉林殴打秀英的事，此时又见玉林唤其伯母，不由脸色大变，再也按捺不住，"小畜生！我女儿许配与你，难道连一声岳母我都受当不起吗？"玉林竟撇一撇嘴，"哼！"一脸的不屑。秀英母亲见状，一股热血涌了上来，"我来问你，我女儿嫁到你家，有何过错，你竟敢打她，你要还我一个道理！"玉林满不在乎，冷笑道，"要还道理？问这贱人自己。"闻听"贱人"二字，李夫人气得脸色煞白，"你……你竟敢当我面骂她？"玉林竟一挺胸，"打都打得，骂又何妨？"李夫人紧逼一句，"有我在此，量你也不敢！"玉林闻言，竟上前一步，扬起手道，"那我就……"此时，一旁气得直哆嗦的王母，兀的抢上一步，冲玉林厉声喝道，"畜生！"玉林见母亲大怒，才冷笑一声，住了手。此时，秀英满腹的委屈哀伤全部涌上心头，一把倒在母亲怀里，大声哭叫道，"娘……"李夫人忙紧紧搂住女儿，劝慰道，

"秀英，儿呀，你瞒得为娘好苦哇。自从你嫁到王家，受玉林如此凌辱，今日被娘亲眼看见，怎不叫为娘痛……痛心呀！"母女相拥是泣不成声。少顷，李母止住哭泣，咬牙道，"儿呀，你快随为娘回去吧！"秀英闻言怔了一下，良久，轻轻地摇了摇头，"母亲，要是女儿随娘回去，倘被旁人知道，叫女儿以后如何做人啊。"此时，王母也连忙上前，低声劝慰。李夫人稍一凝神，决然道，"既如此，待为娘修书一封，叫你爹爹回来，定要与这畜生评理！"秀英忙低声劝道，"母亲，爹爹好好在京为官，你千万不可惊动于他。"王母也上前轻声劝解。李夫人摇一摇头，坚决道，"为娘自有道理。"然后回头唤过春香，叮嘱道，"你要好好服侍小姐！"春香早已哭成泪人，此时，咬牙应是。

李夫人把秀英交给春香，兀自站起身来，高声道，"来人，备轿！"

秀英见母亲离去，连忙呼唤，李夫人却装作不曾听见，没有回头，径自往前走去，只是双肩抖得厉害，步履有些踉跄。

十

李廷甫接到夫人急信，乃是大吃一惊。与家人分别刚刚一月，不想夫人竟染重病。而且这病来得又凶又猛，以至夫人信中

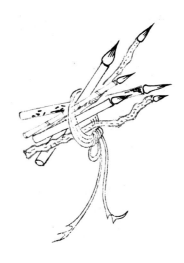

写道，早回三日尚能相见，迟到三日难以团圆。

廷甫夫妇本极恩爱，读完此信，自是心急如焚，立即上朝奏明圣上，皇上恩准后忙率随从数人连夜出京。途中更是快马加鞭，不分昼夜，急急赶路。

谁知进得门来，却见夫人殆如常人，只是一脸怒气当堂而立。

廷甫一惊，急问究竟，夫人竟不问途中情形，开口便厉声责问，"当初都是你配下这门害人的亲事。自从女儿嫁到王家，被玉林威逼得人不像人，鬼不像鬼。你还不快到王家与我领尸回来！"说着就大声痛哭不已。廷甫闻言，真是呆若木鸡，"此话当真？"李夫人益发哭得伤心，"我难道还会捏造不成。"

闻听掌上明珠遭人如此欺凌，廷甫不由大怒，"难道我还罢了不成！"立马高声吩咐，"打道王府！"

十一

廷甫在王家客厅当堂坐下，一脸严霜。玉林进来，并不在意，上前略施一礼，"拜见伯父。"廷甫闻言，强压怒火，"口称伯父，你是何人？"玉林凛然道，"王玉林。"廷甫冷笑道，"王玉林！嘿嘿，当初只为爱你才貌，才将女儿许配与你，有哪一点亏待于你，难道连一声岳父你都叫不得吗？"玉林也是一声冷笑，"养女不教，就怕当不起这个称呼！"

廷甫勃然大怒，"畜生！你将我女儿无故凌辱，如今胆敢口出狂言！她到底有何过错，你须还我一个道理！"

玉林紧逼一句，"要还道理不难，你先带女回府。"廷甫一惊，"带女回府？嘿！我带她回去难道还会养不过老吗？"玉林又是一声冷笑，语带嘲讽，"慢说是养她过老，就是把她另许豪门，我王玉林也决无异言！"

秀英在旁，早已满脸泪水，此时终于痛哭出声。

廷甫见王玉林这般说话，早已铁青着脸，几不成语，"你……你与我写休书过来！"玉林并不畏惧，"待我写来。"此时，王母忙上前拦住，"做娘的不开口，你敢！"此时，廷甫已气得浑身发抖，见玉林竟真的敢写休书，厉声道，"想我女儿乃名门之女，岂容你要娶就娶，要退就退！如今你还清道理便罢，要是还不清道理，嘿嘿，我岂肯饶你！"

玉林闻言，手中递过一封书信，"好，你去看来。"

廷甫打开一看，口中念道，"文友表兄。"再住下看，已是脸色大变，气得双手抖个不停。看罢书信，廷甫已是怒不可遏，"秀英，过来！"秀英不解，走上前去，廷甫竟一个巴掌将秀英打倒在地，口里骂道，"小贱人！你竟敢做出这种伤风败俗之事，今天我容你不得！"顺手从随从手中拔出宝剑，欲向秀英刺去。一旁王母连忙上前一把拉住，"且慢！亲家公，你为官之人，可懂得三从四德？"廷甫稍作迟疑，"岂有不晓！"王母大声道，"在家从父，出嫁从夫。媳妇嫁到王家，有规有矩，有道有礼，就算有啥事做错，也是丑着王家，败着王家，轮不着依打！"此时秀英边挣扎着想从地上站起身来，边大声哭道，"爹爹呀，女儿嫁到王家受尽王玉林凌辱，本指望爹爹回来与女儿申冤解仇，谁知爹爹竟开口就骂，举剑就杀！爹爹，女儿到底有何事做错，你总该说个明白。女儿就是死，也要死个瞑目啊！"说到最后，已喘不过气来。

廷甫闻言，怒气未消，把信丢在地上，"你……你去看来。"

王母忙把信捡起递与秀英，见秀英阅读，便问道，"媳妇，这是啥东西啊？"秀英一看，也是大吃一惊，"这是一封情书！"王母忙问，"媳妇，你可曾写过啊？"秀英哭道，"婆婆，媳妇怎会做出这种无耻之事！"王母急道，"哪能弄得清楚呢？"正跪在地上搀扶小姐的春香急中生智，"老夫人，是真是假可以对对笔迹。"

王母闻言，忙叫春香拿过笔墨，叫秀英书写。

廷甫接过，稍一比较，心头一宽，冲玉林沉声道，"哼！我看笔迹不同，你上人家的圈套了！"玉林并不着急，"嘿嘿，情书是假，难道说这碧玉簪也会假的不成！"说着递上碧玉簪。廷甫接过，便冲春香厉声道，"大胆贱婢，难道是你在穿针引线？"春香吓得连叫冤枉。此时，王母倒冷静下来，冲春香柔声道，"春香，你仔细想想，小姐东西是侬管的，胆子放大，有话尽管讲上去！"春香闻言，稍稍平静了些，忽然记起，"老夫人，小姐出阁那天，是我与孙媒婆替小姐梳妆的，那枝玉簪我明明放在妆奁盒里，我也不知怎么落在姑爷手里。"

王母闻言，忙问玉林如何得到，玉林道是花烛之夜从房门口拾得。王母回忆道，"花烛之夜，门是我关的，另外只有春香、孙媒婆两个，众人都不曾看见，偏让玉林拾到，这倒奇了。"

一旁廷甫已有了主意，大声吩咐李兴带孙媒婆。

媒婆跪在堂下，偷眼四觑。廷甫手举玉簪、书信，厉声问道，"孙媒婆，你可认识这只玉簪、这封书信？"媒婆闻言，忙道，"小妇人……不知情、不知情！"廷甫斥道，"我问你认识不认识，不问你知情不知情！"媒婆一惊，忙道，"这只碧玉簪我认识，是你家小姐的，这封情书我不知情，噢，不认识，不认识。"

廷甫见状，心里明白了大半，高声呵斥道，"好一个大胆的媒婆，一封平常书信，你如何一见，就知是一封情书。你还敢说不知情吗？"见媒婆变了脸色，廷甫抬高声音，十分威严，"招是不招？"

媒婆跪在地上，早已筛糠一般，一五一十把顾文友如何设计，自己如何投信都交代得清清楚楚。

廷甫在上，早已泪流满面，看女儿一脸憔悴，又黄又瘦模样，再也控制不住，上前一把搂住秀英，终于痛哭出声，"秀英，儿呀！为父将你许配王家，想不到受玉林如此凌辱！为父几乎又冤屈了你，儿呀，你还是随父回去了吧！"秀英叫声爹爹，就晕了过去。

王玉林独立厅堂，犹如被当头浇了一桶冷水，苍白着脸，一动不动。想起此前情景，真是悔青了肠子。

见母亲送天官父女回转来，玉林忙央求母亲请秀英回来。王母拉把椅子坐下，哀叹道，"从前做娘横问你不说，竖问你不讲，今日讨饶，来不及哉。"

玉林闻言，扑通跪下，悔恨道，"娘，我悔不该把一封假情书当作真的，从而冤屈煞娘子。悔不该当初不听娘的教训，几次盘问都不肯明言。我确是空读圣贤之书，以至成了这等无情无义之人。"见娘兀自不响，玉林哭道，"娘呀，秀英若是有个三长两短，叫孩儿今后怎么做人啊？"

王母见玉林哭得伤心，毕竟是自己儿子，怜爱之情顿生。可

想起儿子此前所作所为，也真是让人气煞，于是恨声骂道，"你是不听为娘话的，与你说了又有何用。"玉林忙哭拜道，"孩儿从今以后，句句都听娘的话了。"

王母见玉林说得动情，便叫儿子起来，吩咐道，"今年是大比之年，你马上上京赶考，要是功成名就，岳父母面前也好有个交代。到时媳妇面前再赔个不是，夫妻还可和睦。"

玉林闻言马上起来，返身就去整理行装。临出门时，又回头叮咛母亲道，"娘子病重，还望母亲多多照顾。"

王母闻言，突然心头一酸，已说不出话来，只是重重地点了点头。

十二

王玉林倒也争气，放榜出来，竟然真的中了状元。想起妻子娇美的身影，玉林自是满腹爱意。想起妻子悲苦的神情，玉林更是无限地愧疚。

好在此番皇上赐了诰命，手捧凤冠，玉林觉得总算可以给秀英一个交代了。

自那日离开王府，秀英始终住在娘家。李夫人请了名医给予诊治，医生觉得只是忧思伤神，内积郁愤，身体并无大碍。李府上下都知道小姐受了委屈，自是益发地悉心照料，以便小姐好好将养。

媒婆下了大狱，一时半会已出不来了。顾文友因丑事败露，坏了名声，又惧怕李天官的责罚，自觉无脸见人，罪愆难逭，竟上梁自己作了了断。

可怜秀英虽然冤屈得到昭雪，但想起往日情景，仍是恨恨不已。虽然身体恢复了许多，但夜来仍噩梦不断，常常在哭泣中醒来。

玉林中了状元，王裕偕夫人陪着儿子，到李府登门谢罪，给秀英送凤冠来了。

两家在厅堂坐下。玉林手捧凤冠，甩目四觑，见秀英独坐一旁，冷着脸，一声不吭。春香立在小姐身后，也是正眼不瞧一下。

玉林想起自己以前恶劣行径，真是懊悔不已。怀着无限的愧疚，赔了笑脸，上前唤道，"夫人啊，当初是奸人设计陷害你，如今水落石出，冤屈已经大白，媒婆下狱，文友已死。我是真心悔过，以赎前愆，你可休要再来怨恨我了。且来听我相劝，接受这诰命之封，凤冠霞帔吧。"

李秀英并不回头，话语出奇地平静，"你不要多言多语多相劝，害得我多思多想多心酸。怪爹娘错选错许错配人，配了你这个负情负义负心汉！你不该不声不响不理睬，你为什么瞒书瞒信瞒玉簪？我主婢受苦受难受到今，害得我是哭爹哭娘哭伤肝！既然你是大富大贵大状元，你就该要一个美德美貌美婵娟。"字字句句透出一股冷气，把个玉林羞得无地自容。一旁的春香见状，也冷声帮腔道，"当初要是没有我家小姐替你盖上那件女人衣衫，我看你呀，还怕中不了这个状元。"

玉林见状，一脸惭愧，自是无话可说。回头见李天官高坐堂上，忙上前跪下。廷甫重才，见玉林跪下，便动了恻隐之心，但想起以前情景，心中仍有不快，于是，假作不解，"你跪下作甚？"玉林忙奉上凤冠，示意岳父帮忙。廷甫见玉林已经认错，便唤他起来。接过凤冠，上前对女儿道，"女儿啊，你不要再牢记前仇，不肯释怀了。不妨听从父亲的劝说。玉林既然已是高中回头，你理该承受皇恩接下凤冠才是。"秀英起身，见爹爹笑吟吟地站在一旁，不觉悲从中来，"爹爹呀，那日玉林广庭之下要把婚退，你被气得七窍生烟，此情此景尚在眼前，你还会替他来送凤冠？"廷甫想起那日情形，也是心头一震，忙把凤冠还与玉林，黯然退下。

玉林无奈，只好口呼岳母，请她出面。

李夫人上前，柔声道，"儿呀，难为他今日回心转意前来认错，你就穿戴上这凤冠霞帔吧。"秀英轻轻地摇了摇手，哽咽道，"娘啊，难道你前番之事都已忘了吗？他竟敢在娘亲面前将儿打，他竟敢不叫岳母叫伯母！他是个恶毒丈夫，儿不愿与其相处，管他什么状元不状元！"

李夫人听女儿诉说时，双眼已噙满泪水，急忙把凤冠还与玉林，就回到自己位子坐下。

玉林见岳父岳母都劝说不动，只好上前去请父亲。王裕一见，未等玉林开口，便高声骂道，"小畜生，在家不听娘的教训，害得贤德媳妇受了冤屈。为父不管家中事情，要劝求你娘去。"

玉林起身，走到娘的身边，求娘去劝。王母不肯答应，"媳妇自己父母的话都不肯听，阿婆的话也不会听的。"玉林忙道，"母亲，你去相劝，娘子一定会听的。"王母大声道，"不去倒霉。"玉林见母亲不愿，不觉心里一沉，"母亲当真不去？"王母并不改口，"不去。"玉林见状，不觉万念俱灰。想自己以前果是酿成大错，毕竟是中了奸人圈套，打心底里是喜欢娘子的。现在中了状元，而且连连认错，娘子仍不肯原谅，众人也劝不转来，而母亲又不肯去说，于是发起恨来，既然母亲不肯去劝，那我中了状元也是枉然。说罢，仰天一声长叹，"既是孑然一身，不如出家皈依了吧。"

王母见状，连忙拦住，"和尚做不得的，我去倒一次霉吧。"

王母接过凤冠，满脸堆笑，柔声唤道，"媳妇，我的心肝宝贝。"秀英见婆婆过来，忙起身迎上。玉林见秀英终于主动上来，忙在旁向秀英劝道，"母亲的话你可要听噢。"王母闻言，当即转身呵斥道，"那就你自己来送。"吓得玉林连忙退下，连大气也不敢出了。

王母上前，笑吟吟地对秀英道，"媳妇啊，你虽不是我的亲生，但你也是我的心肝肉宝贝肉。阿林是我的手心肉，媳妇你是我的手背肉。手心手背都是肉，我老太婆是舍不得这两块肉。"见秀英仍紧锁眉头，一脸不悦，王母柔声劝道，"媳妇啊，你不妨心宽宽，气和和，且听婆婆好言相劝。想当初确是阿林亏待你，难为他今朝来赔罪认错。你看他，跪到西来跪到东，脚踝头已跪得红呵呵了。媳妇你三番不理他，他是状元不做要去做和尚了，这种就叫现世报啊。而你媳妇十分贤德，上天白会有好结果来回报的。你就听从婆婆相劝，接受凤冠，做个诰命夫人吧。"

秀英搀住王母，轻声道，"婆婆是媳妇的再生母亲，你的恩德我是铭记在心。可是夫妻不和世间也有，只有我是不明不白受折磨。我不愿与他夫妻相称，只好辜负你老婆婆了。"王母闻言，心头一沉，"媳妇你是第一等的贤良方正，福大量大。千错万错是阿林错，我婆婆待你总还算不错。你若不肯夫妻相和，我还养什么儿子做什么婆啊。"见秀英仍不为所动，王母恳求道，"媳妇啊，你卖个人情给婆婆，夫妻重欢，琴瑟相和，可好啊？"

秀英见婆婆言词恳切，忙安抚道，"婆婆啊，我不愿与他夫妻相和，情愿提茶担汤来侍奉公婆。"

王母见秀英也动了感情，觉得媳妇真是贤惠，但秀英依然不为所动，却是大感为难，连忙回头找玉林。玉林以为母亲也要把凤冠还与他了，连忙作揖打躬，要母亲继续劝说。王母见状，心里一动，连忙唤过玉林，高声吩咐道，"阿林啊，你若要夫妻和睦，除非你状元跪地前去认错！"玉林一惊，"母亲，孩儿乃天子门生，万岁御点新科状元，怎能向娘子下跪呢？"王母一脸坚决，一字一顿，"什么天子门生，新科状元，老婆都要轮不着哉！还不快去！"玉林依然一脸为难，"这……母亲，使不得的。"王母抬高声音，呵斥道，"快去。"

玉林无奈，只好双膝跪下，手捧凤冠递与秀英。秀英本对玉林就是好的，恨只恨他中人奸计，不明真相就冤屈自己，如今既然双方父母都在，玉林已跪地认错，就在众人的相劝声中收下凤冠。也算皆大欢喜。

想来这对夫妻在以后的漫长岁月里，肯定会举案齐眉、白头偕老的吧。

坟是新坟。

坟上的黄土还湿漉漉的。

坟前两块墓碑高高立起，

仔细看，一块红字，

上镌"祝英台之墓"；

一块黑字，上刻"梁山伯之墓"。

比肩而立，

似在默默地诉说一存一亡的人间悲剧。

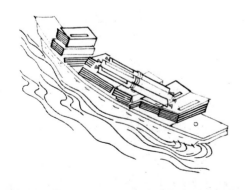

梁山伯与祝英台

弃舟登岸，祝英台的心仍是"砰砰"地跳。又走出很远，英台才敢回头，看看后面，确是无人追来，终于长出一口气，知道父亲并无反悔，果然是放她出来上学了。

这次为了到杭城求学，真是费尽周折。

上虞县祝家庄，方圆几十里，也是数得上的村堡。庄前一条玉水河，弯弯曲曲，白练一般。庄中尽数姓祝。祝公远自是庄里的头号人物。周边数百顷的良田，大都归他名下。庄里庄外见了公远，无不尊称一声员外。祝员外个子不高，平时寡言少语，一旦开口，却是一言九鼎。公远小时在家塾开蒙，虽然未曾进学，但也是识文断字的角色。平日结交，也都是与他相仿的员外人家。与官场也时相过从。

祝公远觉得自己之所以能有今日声势，交游远在一般乡绅之上，与自己略识诗书大有关系。因此，膝下虽只一女，也在家中请了西席，教她读书。

祝英台长相秀丽，竟也是读书种子。先生刚教大概，英台常常整个的说得出来。每逢生书，读上几遍，就能背得烂熟。吟诗作对，也每有奇句。教书爷真是满心欢喜，每日里用心教诲，恨不得倾囊相授。几年下来，师徒课堂相见，竟已是互切互磋，殆如同窗一般。做老师的自知凭自己学问已教不了英台，英台呢，却因老夫子在侧，也算有个可以谈诗论文的对象。如他去了，女儿家的，养在深闺，也就没有个说话的地方。这样又过了一年。期间先生每自愧弗如，执意要走。英台也知留他不住，便再次拜谢。先生临走，对英台言道，"为师自得中秀才以来，坐馆无数。由我开蒙的童子，进士及第的也很有几位，秀才、举人更是不胜枚举。依我之见，均才不及汝。但尔真要学问精进，非外出求学，拜于名师门下，与其他青年才俊切磋砥砺不可。"英台听了，不由动容。良久，叹息一声，"我虽有心，老父无意，也就徒呼奈何。"

先生答道，"此番归去，临走之时，定向员外进言。"

祝员外也是知书识礼的人物，知道万般皆下品，唯有读书高的道理。但女儿家的，能识文断句、读写家书，已是足够。将来选个上好人家，嫁了，生儿育女，过个安逸日子，才是正经。远上杭城，外出求学，所为何来？碍于老先生的面子，没有当面发作，只是沉吟不语。先生知道员外心思，也就轻叹一声，收拾东西，径自去了。

　　自那日听了先生一番言语，英台却动了心思。外出求学，得见世面；拜谒名师，结交胜友，那是何等的快事！见父亲不允，精灵的英台便千方百计地弄出花样，逼迫父亲同意。

　　祝公远爱女心切，而且知道以女儿的机灵，也吃不了什么亏。眼见得若不答应，家里是鸡飞狗跳的清静不下，于是也就答应了。英台见父亲允诺，自是笑逐颜开，欢喜得紧。

　　临到真要出发，祝公远却是种种忧虑涌上心头，觉得当初应允，甚是不妥。于是又把女儿叫到身边，劝英台还是不去为好。英台一听，自是一番哭闹，临末，竟躲在房内，整日地水米不进。员外知道女儿性子烈，怕这样下去，真要弄出事来，想想还是同意算了。只是明言道，此番前去，虽扮作男子模样，但女儿家的礼数却须谨记。求学杭城，为父的遂了你的心愿，但你也无需多待时日，一旦接到家里信函，且须即刻起程，回来侍父。此时英台，只要去得，父亲的话自是句句听得进去，于是便满口答应。接下来，便是打点行装，准备出发。稍有空闲，英台便穿了书生服饰，扮作男子模样，拿腔拿调，踱着方步，走来走去。丫环银心也扮作书童模样跟在后面。家人见两人行径，大都忍俊不禁。

赴杭途中，英台更是时时留意言行举止，银心跟在后面，不时笑着提醒一二。又行数里，过了青松岭，眼见前面有凉亭一座，英台道，"不妨到亭内歇息。"银心早已累了，自是欢喜。于是两人快行几步，进得亭来，英台抬头，见额书"草桥亭"三个大字。此时，清风徐来，英台顿觉身上一阵清爽，不觉心情大好。

梁山伯也是今日赴杭。一路行来，山伯蹙着双眉，不甚说话。书童四九挑担随行，因是第一次出远门，却是兴致勃勃。每见新奇事物，不免想问个究竟，但见相公神情，也就不敢做声。

山伯家贫，此番赴杭，家里是东借西挪才勉强凑足盘缠。临行送别，老母是千叮咛万嘱托。爱儿心切，舍不得孩儿离了身边；为儿成长，又只得送儿前去求学，以图将来博个功名，也可光耀门庭。山伯知道母亲心思，顿觉心里一片沉重。与娘话别，也是强忍泪水，尽说些开心事。走得远了，回过头来，却见母亲仍站在村口的高坡，不忍离去。晨曦中母亲的身影是这样地瘦小，如不留意，只是看见一个黑点。但山伯知道，那是母亲。山伯甚至依稀看见母亲泪流满面的样子。刚才离别，怕山伯难受，母亲不曾流泪，此时肯定是呜咽悲切。山伯狠狠心，又往前走，眼泪却是断了线的珍珠。山伯快走几步，没有回头，他不想让身后的四九看见自己在哭。只是不断地告诫自己，好好读书，将来博个功名，让老母过上安心日子。

到了青松岭，青山扑面，绿荫阵阵，山伯的心情才舒坦了些。此时才知一路行来，未曾歇息，两腿已酸软得紧，而四九不知何时，已走在了前头。抬头见前面有一座古凉亭，便向四九道，"不妨稍事休息。"听见可以歇息，四九一喜，便紧走几步。山伯正待向前，却听四九回道，"相公，亭内有人。"山伯上前，见亭内果有主仆二人在里面歇息。见他们也是行旅模样，估摸也是去读书的，于是上前作揖道，"仁兄请了，小弟有礼。"

其实，英台早见这一主一仆从远处过来，此时见其行礼，便起来还礼。山伯见这书生模样俊雅，不觉心生好感，"请教仁兄尊姓大名？府居何处？"英台回道，"小弟姓祝名英台，乃上虞祝家庄人氏。敢问仁兄……"山伯忙答道，"会稽梁山伯。"英台见其敦厚，谅非坏人，便开口问道，"梁仁兄敢是去杭城读书？"山伯道，"正是。请问你呢？"见果是同道，英台十分开心，"小弟也去杭城访师求学。"山伯大喜，"好极！好极！"见英台站着说话，忙请英台坐下。两人一聊，知是去的同一书院，拜的还是同一老师，益发地拉得近了。

四九、银心也在一边说话，银心知他们去的也是杭城，知是有了伙伴，甚是兴奋。恐英台不知，忙进亭告诉，"小姐……"话一出口，英台一个激灵。银心知道，说漏嘴了。

山伯也是一惊，侧过脸来，询问英台道，"敢问兄台，莫非……"英台已回过神来，轻叹一声，平静答道，"仁兄有所不知，小弟家有九妹，聪明伶俐，描龙绣凤，琴棋书画，无一不会，无一不精。此番小弟赴杭求学，九妹一心想要同来。只怪家父过于固执，终于没有成行。其实，男儿固然要把书读，女孩儿攻读诗书也是应该的。"

英台言罢，山伯竟击掌赞叹，"妙哉高论，妙哉高论！男女皆是父母所生，女孩儿读书求学自是应该！仁兄之言，甚合吾意！"英台暗道，"原以为天下男子俱是与父亲一般识见，难得有人为世上女子抱不平的。"思想至此，不禁露出赞赏神色。山伯见英台神情，心道，"偶遇书生，竟是志同道合，实属难得。"心思一动，上前言道，"祝仁兄，小弟有言，只是难以启齿。"英台见其有话要说，便道，"有何见教？无不从命。"

山伯喜道，"山伯无兄无弟，无姐无妹。今日得遇仁兄，欢喜得紧，有心与仁兄结为兄弟，不知兄意如何？"英台一听，心想，"此次赴杭，不知以后是如何情形。若是在此结拜一位兄弟，今后也可互相照应。再说这梁仁兄有磊落之气，自是正人君子，虽是初见，却天生有份亲近之意。想想，自是好的。"

于是两人便撮土为香，磕头结拜。跪拜罢，知山伯一十七岁，为兄，英台一十六岁，为弟。四九、银心过来见了，也是欢喜得紧。眼看天色不早，两人兄长、贤弟地叫着，快步往前走去。

二

同窗共读，倒也生出许多趣事。好在山伯一心求学，志在功名，想想老母倚闾而望，岂敢懈怠；英台聪颖，伶牙俐齿，又善机变，山伯竟瞧不出多少破绽。期间，祝公远多次来信，催女儿回去，英台只道学业未成，报个平安，就推托过去。三年光阴，流水一般，转瞬即逝。

这一日，英台临窗执卷而读，山伯一旁作文，两相无话。山伯忽而若有所思，不觉抬起头来。迎面看见英台两耳在光亮之下，似有穿戴耳环痕迹，不由小吃一惊，忍不住开口问道，"贤弟啊，你我同窗三载，今日忽见你双耳似曾穿戴耳环。你非女子，此乃何故啊？"英台一惊，知道刚才不慎，被他看个正着，不禁又羞又急。好在平素这等事也不在少数，都被自己应付过去。于是正色道，"梁兄作文，自应专心致志，为何东顾西盼，心神不定？说起耳环痕吗，倒也是趣事一桩。昔年祝家庄年年举办庙会，村人竟每叫我装扮观音，于是穿的。"山伯恍然大悟。英台怕山伯又生是非，故作不悦状，"此番也就算了，下次梁兄要是再不在功课上用心，而是胡乱猜疑，我也只好如实禀告先生了。"山伯见英台生气，更怕先生责怪，忙道，"不敢不敢！"说着又递上刚才所作文章，向英台讨教。

此时，银心探头进来，见室内只梁祝二人，便道，"梁相公，先生唤你。"山伯听是先生唤他，便庆幸不已，亏得文章已经做成。转脸又对英台道，"贤弟少待，愚兄去去就来。"说罢起身往先生房中去了。

待山伯出门，银心忙拿出书信，递与英台道，"员外又有信来。"英台连忙拆读起来，边看，边蹙起双眉，离家三载，老父是封封家书接连催我回去。此番来信，更说他身染重病，急盼儿归。可此间情境，又怎忍离去？思想间，双眼一红，几乎掉下泪来。银心知道小姐心思，便进言道，"梁相公虽是贫寒人家，可有德有才。小姐有意，何不拜托师母来做月老？"英台心想，这倒也是，便叫银心去请师母。

师母进门，见英台向自己施礼罢，羞红着脸，忸怩着说不出话来，已瞧出几分，于是轻声问道，"听银心说起，家里已连来数信催你归去？"英台答道，"刚才家父来信，说有病在身，一定要我即日返家。"师母道，"父病理应回去，不知几时动身。"英台回道，"我想禀明先生，明日一早登程。"师母答道，"如此甚好，一路小心。"银心知英台与师母有话要说，便辞了师母、英台，整理行装去了。

见银心出门，室内只师母一人，英台更红了脸，嗫嚅着说不出话来。师母见状，柔声问道，"英台还有何言相告？"英台唤道，"师母，先生教诲恩重如山，又承师母殷殷招待，学生没齿难忘。"说话至此，已哽咽着说不下去。师母也动了感情，忙劝慰道，"英台不用客气。"英台心想，此时不言，怕再无说话机会，于是鼓起勇气，"师母，我此番赴杭求学，途中与山伯草桥结拜，后又同窗共读。"师母道，"这个我晓得的。"英台轻唤一声师母，又说不下去了。师母见状，便鼓励道，"英台有话，但讲无妨。""师母，英台原是乔装改扮，"英台终于说出了自己的秘密。师母笑道，"这个师母早已明白。"见师母早已知道，英台胆子就大了些，从袖中掏出一件用作扇坠的白玉蝴蝶，递与师母。师母接过扇坠，略显不解。英台羞红了脸，"此乃英台心爱之物，烦请师母交与山伯；万望师母玉成其事，大恩大德英台永记心怀。"师母听罢，也是一喜，轻抚英台香肩，宽慰道，"英台果是有情有义，山伯也是有德有才。梁祝相配，天作之合，师母愿意牵线做媒。"英台听罢，又是深深地施一大礼。

三

天刚放亮，英台便动身回家。山伯一宿未睡，此时神情憔悴，早已在旁等候。已把心事托付给了师母，英台倒是轻松了许多。看山伯一副心事重重的样子，英台觉得应该对他说些什么了。同窗三载啊！

可是怎么说呢？师母面前可以放开些，毕竟是长辈，简直就

是娘亲一般。可山伯呢？怎么说得出口，怎么好意思说啊？

有了，乖巧的英台觉得不妨设计言辞，一路之上，暗示于他。

山伯已经在催了，路程不短呢。

两人启程，未走几步，就到了书房门前。一枝老梅，满树喜鹊，叽叽喳喳地叫个正欢。英台拿扇一指，对山伯道，"梁兄有喜啊！"山伯心想，"你要回家，剩我一个，有甚喜来？"但也不想失了兴头，"乃是恭祝贤弟一路平安的。"英台见山伯甚是不悦，也是心头一沉，不觉无语。

出了杭城，上了官道。英台抬头，见对面山上，一个樵夫担柴而下，不觉一动，便道，"梁兄，你可知山上樵夫为谁打柴呢？"山伯贫寒人家出身，一见之下，心生怜悯，"为妻儿生计，起早落夜，打柴度日，煞是艰难。"英台笑道，"他为妻儿上山打柴，那你又是为了何人，下山送行呢？"山伯顺口答道，"为你贤弟啊。"英台轻叹一声，知山伯并无类比之意。

一山过了，又是一山。前面就是凤凰山了，抬眼望去，正是山花烂漫季节。英台看了，煞是赏心悦目，不由一阵赞叹。将与同窗好友相别，山伯心里一直十分伤感，见英台夸奖，便丧气地道，"无有芍药牡丹，有甚好看。"英台一听，心说有了，便对山伯道，"梁兄若是喜爱牡丹，不如与我一同还家，我家有枝上好的牡丹，梁兄要摘也是不难的。"山伯还是一副失落神情，"你家牡丹虽好，可惜路途迢迢，怎么攀折呢？"英台知他并未听出言外之意，只好作罢。

江南水乡，石板铺路，道旁一池清水，荷叶连连，对对鸳鸯正嬉戏莲叶间。英台唤过梁兄，言道，"英台若是红妆淑女，敢问梁兄，愿不愿配作鸳鸯呢？"山伯轻叹一声，"可惜你英台不是啊。"

四九帮银心担着行李，两人边走边小声说着话儿。前面一河，玉带一般，日照水面，波光粼粼。此时，一对白鹅正顺水而行，快速漂来。银心、四九见状，便上去看鹅。英台眼望山伯，轻声道，"雄的走在前面，雌的在后面叫哥哥呢？"山伯并无好声气，"鹅都未曾开口，哪有什么雌鹅叫雄鹅！"英台听了，又好气又好笑，"难道你不曾看见雌鹅正对你微微笑吗，她笑你梁兄真像一只呆头鹅啊！"山伯有些闷声闷气，"既然我是呆头鹅，从今以后，你就不要再叫我梁哥哥了。"说罢快走几步，顾自往前去了。英台连忙跟上，怕山伯真的生气。

走到河边，见水面并不特别宽阔，河上一木横陈，行人过河，俱是踏木而行。山伯在前，已经过了。英台在后，却不敢过去。山伯回头见英台一副害怕神情，忙回转身来搀扶英台。刚才还是心慌得很，有山伯扶持，英台不免心头一暖。行至桥中，英台抬头对山伯道，"梁兄，你我过桥，好似牛郎织女渡鹊桥呢。"山伯一心过河，竟不曾理会。

走过一村，又是一庄。见有陌生人来，村口几只黄狗追赶上来一阵吠叫。英台害怕，便躲在山伯身后。那狗见英台躲躲闪闪，便冲她叫得更欢。英台结巴着道，"这狗也真是的，不去咬前面的男子汉，偏咬后面的女红妆呢。"山伯一听，以为英台又在说他，便有些不高兴，"贤弟又在说胡话了，此地哪有女的？你不用惊慌，愚兄打狗，你还是放心过庄吧。"

走过村去，见路边一井，英台顽皮，捡起石子扔进井去，试图一探水井深浅。山伯劝道，"天已不早，赶路要紧，水深水浅，管它作甚。"英台不听，唤过山伯，同到井口观看。井水清澈，两人水中倒影清晰可见。英台一喜，对山伯道，"井底两个人影，一男一女，正在盈盈笑呢。"山伯一听，再也按捺不住，"愚兄明明是七尺男儿，你一路之上，总是把我比作女的，是何用意？"说着背过身去。英台忙上前拉他，山伯才没有发作。

又是一程。英台心里不觉烦闷起来，怎么与山伯说明呢？沉思间，迎面看见一处庙宇，原来供的是观音大士。英台灵机一动，急拉山伯入内，在观音像前双双跪下。山伯抬头见送子观音慈眉善目地坐在上方，正不知英台拉他跪下作甚，却听英台轻声祷告，"请求观音大士做个媒证，我们两人在此双双拜堂了。"山伯忙站起身来，埋怨道，"贤弟越说越荒唐了，两个男子怎可拜堂？"

英台无奈，只好又往前行。忽闻远处笛声悠悠，细细地荡漾过来。走近了，原是牧童横骑牛背，口吹一笛。英台叹道，"对牛弹琴牛不懂，可叹梁兄真是笨牛一头。"山伯听见，动了真怒，返身欲走。英台见状，忙上前赔罪，山伯才怒气稍息，劝英台赶路要紧。

送君千里，终须一别。此时，已到了草桥亭。

坐在亭内，不由想起三年前相识相知于此的情景。两人都没有吭声。还是英台先开了口，"梁兄，此番一别，你我就是鸿雁分离了。"山伯语声恳切，"贤弟还有什么要交代的吗？"英台道，"临别还想问你，梁兄家中可有婚配？"山伯略显吃惊，"我无婚配，你又不是不知，问它作甚？"英台轻笑道，"小弟想给你做媒呢？"山伯也笑出声来，"贤弟替我做媒，自是好的，只不知是哪家千金呢？"英台不免有些羞涩，"就是上次和你说起的我家九妹，只不知梁兄是否喜爱？"山伯接道，"九妹芳龄几何？"英台有些紧张，"她与我同岁，我们是双胞胎。"山伯喜道，"和你长得可曾相像？"英台轻声答道，"品貌就像英台一般。"山伯一听，欢喜道，"不知仁伯可肯应允？"英台轻叹一声，"家父嘱我选英才呢。"山伯听罢，不由站起身来，长施一礼，"如此多谢贤弟玉成其事！"英台幽幽说道，"梁兄，你可要备好花轿，早日来抬啊。"见山伯不解，英台伸出手来，对山伯言道，"我约你七巧之期。"见山伯似懂非懂，英台又叮嘱道，"万望梁兄早点来啊。"

　　话已说完，两人自是又一番歔欷。

四

　　英台一走，山伯犹如丧魂落魄，整日里郁郁寡欢。好不容易静下心来，抬头不见英台，不免又烦躁起来。有时，看着英台坐过的书桌，回想昔日共读情景，又是伤感不已。也不知贤弟回家可好？在家干些什么？婚姻之事可曾与仁伯说起？仁伯可曾允诺？那九妹真是英台一般，容貌秀丽？这一切，山伯急欲知道，可偏又不曾知晓。山伯不免又是一声叹息。

　　师母本想等山伯学业有成，高中功名才与他细说英台托媒之事，每日里见山伯心神不宁，又以为英台与他已有约定。一日，瞅个空闲，就问山伯这般模样所为何来？山伯虽然思念英台，但怕师母笑话，就道，"弟子思念家乡了。"师母一愣，莫非以思乡为名，欲去探访英台？可观山伯神情，似又不像。于是叫过山伯，问道，"英台与你同窗三载，她的心事你可明白？"山伯沉吟不语。师母见状，便挑起话头，"山伯，你可知英台是男的还是女的？"山伯一愣，"贤弟回家，我确是时常挂怀，师母问男问女，却是令人好生奇怪。"师母接道，"英台临行，有言相托。"见山伯凝神听着，便接着说道，"托我替她做媒哩。瞧，信物就是这件玉扇坠。"说着从怀中掏出玉扇坠来。山伯接过，"不知贤弟想娶哪家千金？"此时，师母方才知道，山伯是浑然不知，于是笑道，"山伯呀，英台原是女子扮的。"山伯一惊，不觉站了起来，"啊！英台原是女的？！"一时呆若木鸡。转眼间，又惊喜万状，嘴里絮絮地念叨着，"英台是个女的，如此说来，英台就是九妹，九妹就是英台！"抬头见师母正笑吟吟地看着他，山伯一声惊呼，"英台她是自己做媒自己配啊！"

"事不宜迟，山伯，你当即禀明先生，明日下山访英台去吧！"师母话音未落，山伯忙施大礼，口里不住地念道，"多谢师母！多谢师母！"说着便收起了扇坠。师母出门，刚走两步，便听见山伯在房内欢快叫道，"四九！四九！快，快与我整理行装！"

五

四九早已整好行囊，但待天亮，便立即出发。山伯却怎么也睡不着，几次三番地起来，看窗外依旧漆黑一片，又只好睡下。心里却只盼着雄鸡报晓，东方日出，好立即上路去访英台。

天终于亮了。两人出了书院，径直往祝家庄而去。山伯在前，边走边想。回忆昔日同窗共读情景，不由想起许多趣事，忍不住笑出声来。想起昨日师母一番言语，觉得自己真是傻得可以，居然长长三载，不辨男女！

一路行来，还是旧时景色。今日山伯眼中，却是别样风物。英台是梅花透露春消息，自己却是泥塑木雕不知情！遥想当时，出了城，过了关，英台曾以樵夫为妻把柴担设譬；过一山，又一山，英台用家有牡丹向我暗示；下了山，到池塘，英台又以水里鸳鸯配成双作比；过池塘，见条河，英台竟以独木桥上织女会牛郎设喻。一路行去，她又屡以村边黄狗专咬红妆，井中照影男女成双，观音堂前夫妻拜堂暗示。几次三番，取譬作伐，而我居然木知木觉，不曾领会，急得英台连说对牛弹琴。想来，这牛就是我梁兄长啊！

思想至此，山伯真是又气又恨又懊恼，只是回想英台欲言又止、欲说还羞模样，不由一阵甜蜜。想想自己那副傻乎乎的模样，山伯用扇子轻敲一下脑壳，忍不住笑出声来。

　　抬头已是长亭。山伯一声轻呼，那日英台在此亲口许下九妹，想不到九妹就是祝英台啊！一阵幸福感瞬时涌上心间。山伯从袖中取出玉扇坠来，仔细端详一会，轻声言道，"英台，你这个媒呀，做得对啊！"四九见状，忍不住凑上前来，也想细看扇坠，山伯连忙收起，欢欢喜喜地藏入袖中，一面高声叫道，"四九，我们快走，赶路要紧！"

　　山伯心急，恨不得插上双翅，立马飞到英台妆台。

六

　　独坐绣楼，英台手拿针线，却是无心绣花，心里装的俱是山伯。遥想昔日杭城读书情景，眼前浮现的是山伯那张憨厚的笑脸。

　　银心走到门口，瞧见一片红晕爬上小姐秀美脸庞，就知英台又在想她的山伯了。等了一会，见英台依旧沉浸在回忆之中，忍不住轻咳一声。此时，英台才回过神来。

银心上前打趣道，小姐，"梁相公就要来了。"英台一愣，"你怎么知道？"银心笑道，"昨夜烛花结了双蕊，今日定有喜事哩。"银心话音未落，祝公远大声嚷着，"喜事，喜事，英台，你的喜事来了，"走上楼来。见英台迎上，祝公远笑道，"今日媒人上门，父亲已将女儿终身许配。觅得如此乘龙快婿，祝家门第也光彩许多哩。"

英台大吃一惊，急忙拉住父亲，颤声问道，"爹爹已将女儿终身许配了吗？"祝公远一阵得意，"天赐良缘，深得吾意！"英台急问道，"爹爹将女儿配与谁了？"祝公远益发得意，"有财有势的太守之子马文才！"英台一震，急道，"爹爹，女儿不配！"祝公远一听，十分吃惊，"门当户对，怎说不配？"英台一急，语音坚定，"女儿不嫁？""为何不嫁？"祝公远益发奇了。英台放慢语速，一字一顿地道，"女儿愿侍奉爹爹，终老一生。"公远叹一口气，"父亲也舍不得你离开膝下，怎奈女大当嫁啊！"英台语带悲戚，"女儿年纪尚小呢。"祝公远朗声道，"为父岂能误了女儿的青春。"英台听罢，一阵焦急，咬咬牙，"女儿——女儿不愿！"英台话音未落，祝公远已变了脸色，"你……噢，我明白了，你在杭城读书时节，莫非……"说着，转过脸来，厉声叫道，"银心，你陪小姐读书三载，做了些什么？讲！"银心一颤，吓得连忙跪下，支吾着不敢开口。英台见状，柔声对银心说，"但讲无妨。"银心低着头，轻声说道，

"小姐在杭城读书三载，遇见会稽梁山伯相公，义结金兰，形影不离。此番小姐回府，梁相公十八里相送，长亭话别，小姐说家有九妹，还亲口许了婚事。"

祝公远听罢，长叹一声，冷冷言道，"怪不得好言相劝都劝你不醒，原来在外已有了儿女私情。美满姻缘你不愿意，完全辜负了老父一片爱心。"说到这里，双眼盯着英台，语音沉重，"自从盘古开天辟地以来，哪里有女儿自己定亲的道理？马家与我是有媒有聘有父母之命，梁山伯要与我家联姻那是断无可能！"

见父亲这样说话，英台忙上前哀求，但话未开口，祝公远就一挥衣袖，决然道，"亲事已定，不必多言。"说罢，也不顾英台啜泣，径自走下楼去。

这几日，祝家一片沉寂，似乎连空气也压抑得可以挤出水来。

英台是整日啼哭，滴水不进，粒米不食，已三日不下楼来。祝公远爱女心切，有心成全，但转而一想，马家是何等财势，这门亲事正是天作之合，称心如意，岂可放弃？再说，真要推辞，以马家声势，又岂肯善罢甘休。于是，饶是英台哭闹，仍是不肯松口。

眼看马家迎亲日近，英台又是这副模样，这可如何是好？祝公远紧锁双眉，长叹一声，又急又恨又气又心疼，伛偻着身子，看上去一下子苍老了许多。他独自在客堂闷坐，竟连下人将一张名帖递呈上来，也浑然不觉。好一会儿，祝公远终于发现下人站在一旁，才接过名帖，"梁山伯？"一个激灵，祝公远一下子伸直了身子。稍一沉吟，便吩咐下人，"请！"

山伯进入客厅，见上面站着一位长者，便知是英台之父了，"祝仁伯，小侄拜见！"长施一礼。祝公远强打笑脸，"梁贤侄，恕我未曾远迎。"山伯回道，"小侄冒昧登门，还望仁伯大人见谅。"公远忙道，"哪里，哪里，梁贤侄想是路过寒舍？"山伯正式道，"乃是特地造府，向仁伯大人问安。"祝公远语音平静，"不敢不敢。"山伯正正身子，又恳切地说道，"顺便也来望望英台贤……"山伯一个咯噔，贤弟还是贤妹呢？转而一想，觉得还是称贤弟吧。

此时，银心端上茶来。山伯一见，不由一愣。一旁的四九见银心一副女孩子打扮，更是吃惊不小，"银心弟弟……"一想不对，连忙改口，"银心妹妹。"山伯一见，怕失了礼数，忙将四九喝住，示意他不可造次。

祝公远定一定神，对山伯道，"梁贤侄远道而来，请到书房稍坐片刻，当命英台出见。"回头对下人道，"陪梁相公书房稍坐，不得怠慢。"

见山伯下去，祝公远唤过银心，叫她请小姐下楼，只道有客相访。见银心欲走，又连忙唤住，"叫小姐先来见我。"银心听罢，上楼去了。

祝公远待在客厅，边踱步边沉思，想英台已受马家聘礼，自是马家媳妇。谁知此番山伯又登门拜访，如不两断，恐要惹出祸端。正在琢磨如何对付，英台已快步进来，"爹爹，梁兄在哪里？"见英台一副急切的模样，祝公远更是放心不下，"英台，我看还是不见的好？"英台一听，急了，"我与梁兄义结金兰，同窗三载，远道来访，岂可不见？"公远轻叹一声，"可你已是马家的人了。"英台语音坚定，"女儿未曾应允。"公远一听，瞬时提高声音，"岂不闻婚姻大事当由父母做主！"英台低声哀告，"爹爹应念女儿长亭许亲。"公远显出不屑，"无媒无聘，做事不端！"英台忙辩解道，"有师母为媒，玉扇坠为聘，于礼无亏。"公远一听，被噎得说不出话来。英台见状，忙上前唤道，"爹爹。"公远回过神来，高声道，"马家乃是簪缨世家，阀阅门第。"祝英台高声应道，"梁家虽属贫寒，也是清白人家。"公远见说她不过，怒道，"放肆！忤逆女你不该不听父命！"英台忙放低声音，"望爹爹宽恕女儿，要知道人孰无情？"公远也放缓语气，"你是知书达理之人，如此大事岂可任性！"英台抬起头来，已是泪眼婆娑，"婚姻大事自非儿戏，关乎女儿终身啊！"祝公远一字一顿地道，"你若不嫁马家，乃是有辱门庭。"英台目光坚定，也是一字一句，"要女儿出嫁马家，实难从命。"

"大胆！"祝公远手指英台，大声叱骂，"岂不知三从四德，乃是天经地义。你若执迷不悟，胡作非为，不但有辱门楣，亦是家法不容！"英台一听，又哀哀地哭出声来。祝公远见女儿哭得伤心，语气稍微和缓了些，"为父平日诸事依你，唯独婚姻大事非同儿戏，岂能由你任性。为父已将你许配马家，万难更改。"英台听罢，哭得益发悲伤。

沉吟一会儿，公远终于挥挥手道，"念你与山伯有结拜之情，就容你一见，但你要好言相劝于他。"说罢，"叫银心去请山伯。"见英台还在抽泣，就道，"不要满面泪痕，有失礼数。"

此时，山伯随银心走了进来，四九小心翼翼地跟在后面。祝公远朗声对女儿道，"英台，快来见过梁贤侄。"英台不由得一阵心跳，忙上前施礼，"梁兄。"山伯见英台女儿打扮，天仙一般，竟不知怎么应答。一旁的祝公远招呼道，"贤侄光临寒舍，无奈老朽有事，恕不奉陪了。"山伯忙施一礼，"仁伯有事请便。"祝公远解释道，"只因前村的钱员外，今日与我有事相商。约定日子难以更改，只好失陪了。"话说到此，转过脸来盯着英台，正色道，"你与山伯乃结拜兄妹，今日山伯又特意从杭城赶来，你要好好款待，倘有半点怠慢，为父回家可是要整家规的。"说罢，又意味深长地瞪了英台一眼。

见父亲已走出门去，英台便吩咐银心，陪四九去歇息一会。

银心便过来招呼四九。山伯见状，忙叮嘱四九不可放肆。

　　室内一下就只剩山伯、英台。两人双目对视，竟不知从何说起。好一会儿，还是山伯先开了口，"你我在杭读书，乃是兄弟相称。如今你这般打扮，我是称你贤弟，还是……"英台忙接口道，"读书时节，乃是女扮男装，理应兄弟相称，如今么，"英台话说到此，不觉莞尔，"不妨改称兄妹。"山伯一听，轻声唤道，"贤妹！"英台叹一口气，柔声应道，"梁兄，此处不是说话所在，且到小妹书楼小坐。"

　　七

　　上得楼来，英台见山伯不明就里，一脸喜气，心里益发地难受。

山伯自是第一次进入女儿家闺楼，压不住好奇，忍不住扫视一番。英台见状，强颜欢笑，请山伯坐下。山伯望着英台，心里忐忑不安，不知从何说起。英台见状，问道，"长亭分手，别来可好？"山伯点一点头，"贤妹家居，想必安适？"这一问，英台差点被问出泪来，只好强压悲伤，"托梁兄之福，也还好的……"心头又是一阵酸楚，"梁兄此来，是路过还是特地？"山伯正式道，"愚兄乃特地到此，一来与仁伯大人问安，二来想望望你家九妹。"边说边笑吟吟地望着英台，似在观察英台表情。英台一听，竟是一怔，"九妹……"

山伯笑道，"那一日钱塘道上送你归程，你说家有九妹。长亭分手，你还亲自做媒。此番愚兄乃是特地登门，求亲来了。"

英台叹一口气，颤声道，"梁兄，你道九妹是哪一个呢？就是小妹祝英台啊。"山伯益发开心，"愚兄知道，就是贤妹，梁山伯与祝英台，前世姻缘配拢来。"说着竟抑制不住内心喜悦，大声笑了起来。

英台见状，不由背过脸去，暗道，"梁兄不知爹爹已将我终身许配他人，仍兀自欢笑，我却是心都碎了。"

此时，山伯才发现英台神色有异，忙关切问道，"久别重逢，欢喜才是，贤妹为何紧锁双眉呢？"

英台终于忍将不住，眼泪夺眶而出，"梁兄，我有一件伤心之事，要想明说，可，可难以出口啊！"山伯也吃了一惊，

"你我之间，还有什么话不可讲的？但说无妨。"此时英台已哭出声来，好一会儿，才哽咽道，"梁兄，小妹与你作别，回到家来，爹爹做主，竟将小妹终身许配马家了。"山伯大惊，"马家？马太守的儿子马文才？！"说罢，英台忍不住号啕痛哭。山伯呆了，惊愕良久，对着英台气急败坏，"英台！你……你好！你在长亭亲自做媒，说家里有个小九妹。既然九妹就是你，你为何又许配马文才？"见山伯又气又急，脸色煞白，英台忙解释道，"梁兄啊，难道小妹的心意你还不知吗，我哪里愿意嫁与马文才啊！"山伯益发气愤，急问道，"你我山盟海誓，情长意切，就算你爹爹已经做主，你也该尽速把婚退掉！"英台听罢，哽咽道，"我千方百计退亲，坚决拒绝马家的聘和媒，怎奈爹爹绝了父女之情，怎么也不肯退亲啊。"

见英台哭得益发凄切，山伯又气又恨，跺脚道，"既然你爹爹不肯退亲，那我梁家花轿就先来迎亲！把老师母从杭城请来，坐在你祝家厅上，作为媒证。"说着又从袖中拿出玉扇坠来，大声道，"又有玉扇坠为聘，难道还不能夫妻相配吗？"英台哭得十分无助，"玉蝴蝶，玉扇坠，本应成双结对，可惜你我是自作主张，你我的媒聘又有谁会承认呢？"山伯怒道，"纵然无人认可，我也要与你生死相随。我要据此写成冤状，头顶状纸告进衙去。首告你父祝员外，他不该欺贫爱富赖掉婚姻，犯下大罪。再告那仗势欺人的马文才，活活夺走我的爱妻，该当何罪？倘若为官清正，你我之事，一定是只断拢来不断开！"说罢，大滴眼泪似珍珠一般纷纷落下。

英台见状，一阵心痛，忙站起身来，轻轻拉住山伯衣袖，抽泣道，"梁兄说的句句都是痴心话，小妹听得肝肠寸断。你哪里知道，堂堂衙门八字开，官官相护，有理无钱莫进来。那马家是有财有势，你梁家是无势无财，就算你真的告到衙门，梁兄你肯定是不仅于事无补而且还要吃大亏。"见山伯依然怒气冲冲，英台呜咽道，"梁兄啊，梁门只有你这个单丁子，到那时，白发老母又靠谁来？英台此生已无希望，梁兄你还是另娶淑女去吧……"说着忍不住大哭起来。山伯摇头，"哪怕是九天仙女我也不爱！"

此时，银心走上楼来，布下酒菜，见两人俱是泪人一般，也掉下泪来，怕忍不住痛哭出声，忙匆匆下楼。英台走到席边，斟上一杯，双手递上，恳切道，"梁兄特来寒舍，小妹无言可慰，薄酒一杯，敬敬梁兄。"山伯没有理会，长叹一声，"想不到，我此番前来，竟是为了叨扰你的一杯酒啊！"

英台一听，心都碎了。见山伯愣愣地一动不动，边哭边道，"梁兄，你我草桥结拜，同窗共读，情投意合，我早已把一片芳心许与你了。"见山伯仍不吭声，英台又诉说道，"你可记得，那次你看出我有耳环痕，弄得我面红耳赤有口难开。十八里相送到长亭，一路之上我是一片真心尽情倾吐。你可记得，我把我俩比作一对鸳鸯，比作牛郎织女鹊桥相会，有意拉你在井中比肩照影，在观音堂上双双拜堂。我还有意留下玉扇坠作为聘物，特意拜托师母前来做媒。长亭话别，我又亲口许下九妹，并以七巧之期相约，盼只盼有情人能成眷属，谁知道美满姻缘竟会生生拆开。"此时山伯已是泪流满面，泣不成声。英台拉住山伯衣袖，继续哭诉，"梁兄啊，我与你今生怕已是难以成双，难以成婚，难以成偶，爹爹已允了马家媒，受了马家聘，饮过马家酒了。爹爹之命难违，马家之亲难退啊。"英台哭得几乎瘫倒在地。山伯连忙扶持英台，哭诉道，"英台所言，句句都是心头话，令人听后，肝肠寸断，欲哭无泪。两心相照却难以成偶，山伯今世怕是难娶英台了。无限欢喜，灰飞烟散。我，我是满腹悲愤无处诉啊……"

话未说完，忽觉胸口一闷，一口热血就吐将出来。英台一见，大吃一惊，连忙搂住山伯，哀求道，"梁兄，你千万珍重，不能灰心丧气啊。这种种，都是小妹连累于你。"说着说着，竟浑身颤抖，自责不已。山伯见状，忙道，"贤妹，愚兄决不怨你。你，你可知，我为了早日见你，一路奔走，汗淋如雨啊！"说着，握住英台的手，沉痛地诉说道，"贤妹妹，我每日想你想得神思昏沉，茶饭不思。"英台看着山伯脸庞，应道，"梁哥哥，我每日想你想得三餐茶饭，全无滋味。"山伯拉紧英台，"贤妹妹，我每日想你想得提起笔来，字都忘记。"英台一听，

也道，"我也常常拿起针来，不知线在哪里。"山伯叹道，"这些日子，我终日衣冠不整，夜夜全无心思。求功名，成富贵，俱都抛在一边。"英台也叹息道，"我也是终日里懒对菱花，从不梳洗，心里装的都是你啊。"

山伯心想，你想我，我想你，可又有何用呢。英台自知，今生今世怕是难成连理了。思想至此，两人竟一下子都说不出话来。

山伯愣了一会，站起身来，辞别英台，决计要回去了。英台见状，忙拉住山伯，"梁兄，你现在这个样子，叫我怎么放心得下。"说着，又流下泪来。山伯叹道，"我总不能死在你的家里啊！"英台一听，哭道，"梁兄你不要说这种伤心话了，我心肝都碎了。你好好地来看我，我却害得你染病而归，你可千万要保重啊！"见山伯执意要走，忙又问道，"梁兄，今日别后，你何日再来啊！"山伯长叹一声，"我病好就来看你。只怕我这短命夭殇之人，想来也不能再来了。"见英台控制不住，又哭出声来，便安慰道，"倘若真有三长两短，我会在胡桥镇上立块坟碑。"英台听罢，接口道，"梁兄你若立碑，可要用红黑二字各刻一块。黑的刻上你梁山伯，红的刻上我祝英台。我与你生前不能夫妻相配，死后一定要同一坟台。"山伯一听，益发地伤心不已。无奈，狠一狠心，告辞英台，快步走出祝家。身后，英台哭喊道，"梁兄，让小妹送你一程！"

八

山伯回到家里，眼见得沉疴不起，每日里昏昏沉沉，稍一清醒，便念叨英台。山伯母亲已从四九口中，了解事情本末，背着山伯，少不得又是几场痛哭。为山伯延医，本就清贫的梁家，益发地家徒四壁。山伯见状，更是伤心不已。眼见山伯是一天弱似一天，山伯母亲便向四九问明了路途，别了山伯，往祝家而来。一心想让山伯能再见英台一面，以慰他每日相思之苦。

山伯知母亲已去，每日里苦撑病体，盼望着与英台一见。这一日，蒙眬中听见四九在外喊道，"相公、相公，安人回来了。"山伯知道，母亲回来了。稍顷，见母亲独自一人进入屋内，知道英台并未随娘而来。急切中，山伯连声问娘，"她不来吗？母亲可曾对她言讲，就说山伯已病入膏肓，只求见她一面，虽死无憾矣。"说着，又流下泪来。山伯母亲急得忙上前安抚儿子，轻声言道，"为娘也曾这样说来，怎奈英台已是马家的人了。祝家看管又紧，她想来也来不了啊。这里有书信一封，青丝一缕，让为娘带来，以慰儿病中相托。"

山伯强撑着起来，接过书信，知道英台也日夜惦念山伯。此番母亲前去见她，英台说她身难来心已来，只盼山伯消灾脱晦，早日康复。山伯读罢，又是一声长叹，可怜自己相思刻骨，身染重病，英台想来又不能来。展开英台剪赠他的一缕青丝，睹物似见人，山伯又是一阵哽咽，自知这段姻缘，万山重重相隔，今生今世已是无缘相配。思想至此，胸口一沉，一股腥味冲上喉头，又是数口鲜血吐了出来。把一旁的母亲、四九惊得一番忙乱。山伯又是昏迷过去。

好一会儿，山伯悠悠醒来，见母亲拉着他的手，坐在床沿，两泪如麻，怕吵醒他，又咬着嘴唇，不敢出声。山伯见状，大滴眼泪涌了出来，他强打精神轻唤母亲，"娘，英台嫁到马家为媳，看来儿命也不会久了。"母亲终于忍耐不住，放声痛哭，回头又怕山伯伤心，又硬生生地忍住不想出声，双肩却是一阵颤抖。"娘，儿还有重要言语相托呢。杭城读书三载，本想求得功名，为梁家门楣增辉，谁知碰见祝家英台，不但功名未就，还身染重病，眼见得这身体是难以挽回了。娘啊，倘若孩儿命归黄泉，母亲可要自己保重啊。"说着，又是大滴眼泪滚了出来。母亲在旁，泪流满面，轻抚山伯脸庞，哀哀地劝道，"儿啊，你不要胡思乱想，你的病不重，马上就会好的。"山伯轻轻地摇了摇头，双眼望着母亲花白的头发，苍老的面容，哽咽着道，"娘，孩儿不孝，不能侍奉娘亲了。孩儿死后，还请母亲在胡桥镇上为儿立下坟碑。"见娘不停地点头，山伯运一运气，强撑着继续说道，"坟碑立时，要用红黑二字镌刻两块，红的刻上祝英台，黑的刻上梁山伯。儿与她生前不能夫妻相配，儿死后也要与她同一坟台。"

此时，窗外隐隐传来一阵鼓乐之声，山伯一惊，"哪里来的鼓乐？"娘忙答道，"这是邻家姑娘出嫁，发送嫁妆去的。"山伯一听，不知哪来的力气，竟一下子坐了起来，"发送嫁妆？不，肯定是英台嫁到马家去了！"母亲忙劝慰道，"山伯，不要胡思乱想。"回头又招呼四九道，"快把窗户关上。"转脸再看山伯，已无气息。母亲连忙急声唤他，"山伯！山伯！"四九冲到床前，也大声哭喊，"相公！相公！"山伯之魂哪里还唤得回呢？

窗外，邻家婚庆的笙歌益发地热闹了，笑语声、鞭炮声不时响起。

九

祝员外嫁女，自是热热闹闹，嫁的又是马太守之子，益发轰轰烈烈。屋里屋外早已洒扫得一尘不染，楼上楼下更是张灯结彩。下人侍女忙进忙出，互相躲避不及，常常撞个满怀。送礼的、贺喜的、看热闹的、专门前来喝喜酒的，络绎不绝。祝公远接了一批，还未坐下，门外又有一批驾到，只好又匆匆出去相迎。空气中四处飘荡着煮熟了的鸡鸭鱼肉飘出的香味，间或夹杂着爆竹燃放后留下的硝烟味。

绣楼沉沉。祝英台面对妆台，独自痴坐，满面忧戚，一言不发，眼前堆放的俱是大红嫁衣。侍女们已催促多次，英台兀自一动不动，此时已不敢再催。手忙脚乱之中，祝公远已三次上楼，苦劝女儿梳妆，英台却顾自掉泪，一声不吭。

眼见马家迎亲的鼓乐声渐渐近了，祝公远再次上楼，见英台仍不理不睬，急道，"为父费尽心血，无非为儿终身着想。今日大喜，你竟拒不梳妆，你总该替为父想想啊。"英台仍脸无表情，不肯出声。

公远怒道，"难道千言万语真的劝你不醒！"

英台终于开口，语气异常平静，"女儿誓不嫁人！"祝公远终于按捺不住，大声斥道，"岂有此理！为父替你结下这门高亲，难道还玷辱了你不成？你竟敢如此放肆！你，你，你要活活气死你白发老父！"说到最后，站立不住，几乎跌倒。英台见状，忙低声唤道，"爹爹。"

此时，楼下突然传来四九的叫声，"我要见祝相公！"英台一听，大吃一惊，莫非梁兄他……忙叫人唤过四九。四九一见英台，放声大哭，并递上一信，"祝小姐，这是我家相公临终时留与你的！"英台接过信函，惨叫一声，"梁兄！"便昏厥过去。

众人忙将她扶起，连声呼唤。好一会儿，英台才慢慢醒来，口里仍不住大哭，"梁兄啊，你是为我一病亡啊，我英台岂愿独自存活在世上！"公远也是满脸哀切，忙叫住英台，"人死不能复生，还需自己保重。"此时，下人在楼下启禀员外，马家花轿已到门前，请员外即刻下楼。

祝公远正欲下去，见英台仍嚷着要遵循山盟海誓，与梁兄生死相随，忍不住停下脚步，转过身来，冲着英台"扑"地跪倒，哭叫道，"英台，你怎么还不梳妆？英台啊，你就不可怜可怜你的白发老父吗？"

银心忙过来搀扶员外。祝公远却怎也不肯起来。英台见状，也忙跪下，"爹爹要女儿出嫁，女儿就依从爹爹。"公远见女儿已经答应，也忙扶起女儿，口里念道，"依了就好。"英台又补上一句，"只是求爹爹依我一事。"公远忙道，"你讲。"英台拭了一把眼泪，一字一顿地说道，"孩儿今日出嫁，要轿前挂上两盏白纱灯，轿后放上三千纸银锭。出嫁途中，先将花轿抬至胡桥镇上，女儿要白衣素服，去梁兄坟上祭拜。"公远一听，满脸不悦，"今日是马家来娶亲，你怎能去拜山伯的坟呢？"英台决然答道，"爹爹若不答应，要我上轿，那是万万不能！"公远无奈，只能叹道，"也罢，为父依你，可有一样，你必须外面穿红，里边着白。祭坟之后，即往马家结拜天地。"见一边侍女还呆着不动，便大声呵斥道，"还不快快给小姐梳妆。"英台见父亲就要下楼，竟起来施一大礼，"爹爹，女儿拜别了！"公远见状，不觉一愣，也柔声叫道，"女儿！"

此时，楼下鼓乐齐鸣，爆竹声震，司仪大声地指挥着，孩子们嬉笑着四处追逐。不知是谁讨了一句彩头，众宾客"哄"的一声，大笑起来。

十

坟是新坟。坟上的黄土还湿漉漉的。坟前两块墓碑高高立起，仔细看，一块红字，上镌"祝英台之墓"；一块黑字，上刻"梁山伯之墓"。比肩而立，似在默默地诉说一存一亡的人间悲剧。环坟绕碑，朵朵纸花散落其间。昨夜一场细雨，使这些纸花软软的已有些残，益发地显出四周的凄凉。

白衣素服，步履踉跄，祝英台一见墓碑，便"扑"地跪倒，以头抢地，大声号啕。痛哭良久，英台才慢慢收下声来。左手搂着墓碑，轻扶碑上山伯字样，呜咽着诉道，"梁兄，你我楼台一别，就生死相隔啊！"说着又哀哀地哭诉，"本指望天遂人愿得成佳偶，谁知道却是喜鹊未叫乌鸦叫啊。本指望笙箫管笛来迎亲，谁知道却是未到银河就断了鹊桥啊。本指望大红花轿到你家，谁知道今日是白衣素服来祭祷啊。梁兄，梁兄啊，你我不能同生，但求同死！"说着，英台用头猛地撞向石碑。

"轰"的一声，刹那间，晴空一个霹雳，风雨大作，漆黑一片，那坟墓突然豁裂开一个偌大的口子。白衣一闪，英台纵身而入。一旁的银心急欲伸手去拉，那坟忽又合上，一下子竟已看不出刚才的裂痕。

坟还是那坟，碑还是那碑，只是天已挂晴。这是一个风和日丽、莺飞草长的日子。坟头的一丛野花开得正艳。一对蝴蝶扑闪着翅膀，围着洁白的花朵翩翩起舞。一前一后，一上一下，一左一右，一追一逐，更多的时候是亲热地挨在一起，让人生出无限的联想。

二○○九年五月二十九日

图书在版编目(CIP)数据

官人娘子/孙君著. –北京:中华书局,2010.10
(2011.12重印)
ISBN 978 – 7 – 101 – 07495 – 6

Ⅰ.官… Ⅱ.孙… Ⅲ.小说 – 作品集 – 中国 – 当
代 Ⅳ.I247

中国版本图书馆 CIP 数据核字(2010)第 129281 号

书　　名	官人娘子
著　　者	孙　君
责任编辑	许旭虹
出版发行	中华书局
	(北京市丰台区太平桥西里 38 号　100073)
	http://www.zhbc.com.cn
	E – mail:zhbc@zhbc.com.cn
印　　刷	北京瑞古冠中印刷厂
版　　次	2010 年 10 月北京第 1 版
	2011 年 12 月北京第 2 次印刷
规　　格	开本/880 × 1230 毫米　1/32
	印张 8⅛　插页 4　字数 110 千字
国际书号	ISBN 978 – 7 – 101 – 07495 – 6
定　　价	28.00 元